5分後に意外な結末 ex

バラ色の、トゲのある人生

桃戸ハル 編著　usi 絵

Gakken

ブックデザイン・Siun
編集協力・高木直子、原郷真里子
DTP・四国写研

本書に収録の「鳴らないで」は『白のショートショート』（山口タオ著／講談社刊）より、「ある男の人生（ヒズ・ライフ）」は『黒のショートショート』（山口タオ著／講談社刊）より転載させていただいたものです。

目次

contents

見送る背中《せなか》

タクシーの運転手を仕事にしていると、いくつか、嫌《いや》な経験をする。深夜に乗せた酔《よ》っ払《ぱら》い客が、行き先も告げずに眠《ねむ》ってしまい、どこに行けばいいのかわからなくなること。イライラしながら、「5分でここに行け！」などと、とうてい5分では行けもしない場所を指示されること。カップルを乗せたら、浮気《うわき》をした、していないの痴話《ちわ》ゲンカが勃発《ぼっぱつ》すること。男自身はまだ遭遇《そうぐう》したことはなかったが、強盗《ごうとう》にあった同僚《どうりょう》もいる。

しかし、もっとも恐怖《きょうふ》を感じるのは、そのうちのどれでもなく——これだ。

男は背中《せなか》に冷たいものを感じながら、無意識のうちにハンドルをかたく握《にぎ》りしめた。おそるおそるルームミラーに目をやると、夜の闇《やみ》が車内を暗くにごらせるなかに、青白い顔の女がうつむきかげんで座《すわ》っている。告げられた行き先の方面も、できれば避《さ》けたい町だ。

よりによって、なんでこんな客を拾ってしまったのか。病院に近いあの交差点でタクシーを停めてドアを開けた瞬間《しゅんかん》、まさか、とは思ったのだ。そのときに何か理由をつけて走り去ってしまわなかったことを、男は後悔《こうかい》していた。

そのとき、女がふっと顔を上げた。

「あの……」

「はいっ」

男が返した声は、情《なさ》けないほど裏返《うらがえ》っていた。ごまかすように咳払《せきばら》いをして、必死に平静《へいせい》を装《よそお》いながら、「なんでしょうか」と応じる。ルームミラーに映《うつ》りこんだ女が、口もとだけで少し笑《わら》った。その微笑《ほほえ》みに、心臓《しんぞう》が凍《こお》りつく。

「そんなに怖《こわ》い？　私のことが……」

図星《ずぼし》をつかれて、男は視線《しせん》を泳がせた。その視線の先で、信号が赤になる。「この客を早く降《お》ろしたい」と思うときに限って、信号が行く手をはばむ。ついイライラして指先でハンドルをトントンと叩《たた》き続《つづ》けるが、信号は男をあざ笑うように、鮮《あざ》やかに赤いままだ。右に出されたウィンカーの音だけが、車内に空虚《くうきょ》に響《ひび》いている。

「あなた、私を乗せたことを後悔《こうかい》してる？」

「いや、そんなことは……」

「ごめんなさいね。だけど私も、急いでいるから……早く帰らないといけないの……」

「いえ。大丈夫《だいじょうぶ》です……」

何が大丈夫なのか、自分でもよくわからない。ようやく信号が青に変わる。急いでアクセルを踏《ふ》みこむと、車体が抗議《こうぎ》するようにガクンと揺《ゆ》れた。雑な運転に、しかし乗客の女は何も言わない。その反応の薄《うす》さに、逆に男はひやりとする。

ぽつりと、フロントガラスに雫《しずく》が落ちた。その数が徐々《じょじょ》に増えてゆき、やがて、ワイパーを動かさなければならないほどの雨になる。その雨音《あまおと》が、男をひどく憂鬱《ゆううつ》な気分にさせた。

「でも、こんなことってあるのね。ただの偶然《ぐうぜん》なのかしら。もう、10年……いえ、11年ね。あの子たちは2人とも、まだ小学生だったから」

「そ、そうだね……」

額《ひたい》に嫌《いや》な汗《あせ》を浮かべながら、男はほぼ反射《はんしゃ》で言葉を返していた。

タクシー運転手を仕事にしていて、もっとも恐怖を感じるのは、酔《よ》っ払《ぱら》いを乗せることでも、強盗にあうことでも、ましてや、人間ではない者を乗せてしまうことでもない――11年前に別れた妻を、たまたま乗せてしまうことである。

ほんの十数分前、病院にほど近い交差点で手を挙げている女の姿《すがた》を見つけて、男はタクシーを停めた。それと同時に後部座席のドアを開けて振《ふ》り返《かえ》った瞬間《しゅんかん》、あらわになった女の顔に、男は絶句した。

開いたドアから後部座席に乗りこみ、運転手である男と見つめ合う形になった女も、すぐに大きく目を見開いた。最後に会った日から10年以上経っていたが、2人は、お互《たが》いが誰《だれ》なのかを一瞬《いっしゅん》にして理解した。

「あなたは私を、乗せたくなかった?」

「いや、そんなことは……」

「でも、私は、よかった。乗せてくれたのが、あなたで」

「そ、そうか?」

思ってもみなかった言葉に、男の口調《くちょう》が、かつてのそれに戻《もど》る。そのことに気づいた女が、クスリと笑うのがミラー越《ご》しに見えて、男はあわてて視線《しせん》を前に戻した。大きくなった雨粒《あまつぶ》が、フロントガラスを叩《たた》いている。

「あの日も、雨だったわね」

別れた妻が、そうつぶやいた。あの日――男が妻のもとを去った日のことを言っているに違いなかった。

2人が別れた理由は、男が作った借金だった。11年前、男は勤《つと》めていた会社を辞めて起業したのだが、事業に失敗して多額《たがく》の借金を抱《かか》えてしまった。それはとても1年、2年で完済《かんさい》できる額ではなく、自分の未来が大きく変わる音を、絶望的な気持ちで男は聞いた。

そして、このままでは家族にも迷惑《めいわく》をかけてしまうことに思《おも》い至《いた》った男は、意を決して離婚《りこん》を切り出したのである。

妻は、「一緒《いっしょ》にお金を返していけばいいじゃない」と言ってくれたが、男はそれを受け入れなかった。もちろん、妻の愛情を感じて嬉《うれ》しくはなったが、それに甘《あま》えてはいけない。こんな自分が父親では、まだ幼《おさな》い息子《むすこ》と娘《むすめ》にも、十分なものを与《あた》えてやれないだろう。

妻の実家は会社を経営しており、裕福《ゆうふく》な家庭だった。ただ、自分との結婚に反対された妻は、親子の縁《えん》を切る覚悟《かくご》で実家を出た。だが、自分と別れたとなれば、実家に戻《もど》れるかもしれない。そうなれば、妻は今より楽な暮《く》らしが送れるはずだ。

「すまない……。だが、子どもたちのことを、一番に考えてほしい」

最後には、男が額《ひたい》を床《ゆか》に押《お》しあてて、うめくように口にした言葉で、妻も納得《なっとく》してくれたようだった。

そうして、夫婦は他人に戻《もど》り、男は家族と暮《く》らしていた家からアパートの一室に引《ひ》っ越《こ》したのち、タクシー運転手に転職したのである。借金の取り立てが万が一にも妻や子どもたちの生活に及《およ》んではいけないと考え、それ以来、連絡《れんらく》も絶った。だから、その後は、子どもたちにも会っていない。

「子どもたちは、元気か？」

「ええ。ユウキはこの春、社会人になったし、ミサも来年は成人式よ」

「そうか、もうそんな年歳《とし》か。すっかり、大人だな」

我《わ》が子《こ》が大人になるまで見守りたかったという本音が、男の胸に湧《わ》き上《あ》がる。咳払《せきばら》いして、その想いを追い出しながら、男は会話を続けた。沈黙《ちんもく》には耐《た》えられない。

「生活は、不自由なく送れているのか？　俺が聞くことじゃないのかもしれないが……」

「大丈夫《だいじょうぶ》よ。私も働きに出ているし、ユウキも社会人になったから」

「きみも働いているのか？　実家に戻《もど》ったんじゃ……」

「いろいろ考えて、帰るのはやめたの。あなたも養育費を入れてくれたし。それにどうしても、みんなで暮らしたあの家は離《はな》れられなくて……離れるには、いい思い出が多すぎたの。あ、ごめんなさい。まだきちんと行き先を伝えてなかったわね。あの家まで、お願いします」

そう言って微笑《ほほえ》む元妻に、男は「かしこまりました」と、あえて仕事の口調で応《こた》えた。そうしなければ、切なく詰《つ》まった胸から、気持ちが言葉になってあふれてしまう。

借金を作って、「別れてくれ」としか言えなかった俺に、きみは今でも、いい思い出をもってくれているのだろうか？

「4人で暮らしていることが、私は本当に楽しかったの。だから、嬉しいわ。こうやって、思いがけない偶然《ぐうぜん》で、またあなたの背中《せなか》を見ることができて」

「え……」

ミラーに映《うつ》る元妻の目もとに、切なげな色が宿る。振《ふ》り返《かえ》ることのできない男に、女は言った。

「あの日……雨のなか、家を出ていくあなたの背中を見送ることしかできなかったけど、本当は私、あなたのこの背中を、ずっと支えていたかったのよ。それだけは、憶《おぼ》えていてね」

かつて愛した妻の言葉に、男の心がぐらついた。

多額の借金は、まだ完済《かんさい》できていない。しかし、目処《めど》はついた。調子のいい話だとは自分でも思うが、もしかしたらもう一度、家族みんなで、あのころのように——。

「あ」

男の思考をさえぎるように、女が小さく声をもらす。ハッと我《われ》に返った男は、かつて自分が家族とともに暮《く》らしていた家の目と鼻の先まで来ていたことに気づいた。

偶然の再会が、終わってしまう。それに反発する気持ちを、男ははっきりと自覚した。

なつかしい家の前にタクシーを停めたまま、男はハンドルに視線《しせん》を落として、ぐるぐると考えた。どう言えばいいのか……そもそも自分のワガママで妻子の人生を大きく変えておきながら、こんな気持ちを口にしていいのか。あまりにも身勝手な話だし、子どもたちも許してはくれないかもしれない。11年前と同じように、また家族の生活を壊《こわ》してしまうことになるかもしれない。

それでも、俺は——。

身勝手な言葉が、男の口をついて出そうになったときだった。

ハンドルに寄りかかるように座《すわ》っていた男の背中に、かつて妻だった女が、静かに語りかけた。

「子どもたちのこと、よろしくお願いしますね」

「え……」

耳もとに聞こえた声に、男は違和感《いわかん》を覚えた。間違《まちが》いなく、妻だった人間の声なのに、たとえるなら自分たちの間に見えない薄絹《うすぎぬ》が張られているかのような、些細《ささい》だが確実な隔《へだ》たりを感じたのだ。

何年も口にしていなかった妻の名前を無意識に呼《よ》びながら、男は後部座席を振《ふ》り返《かえ》った。

そこに、妻の姿はなかった。

「え？」

ドアは開いていないし、開けられた気配《けはい》もしなかった。それとも、気づけないほど自分は動揺《どうよう》していたのだろうか。

降《ふ》り落《お》ちる雨が身体を叩《たた》くのもかまわず、男は運転席を降《お》りた。あたりを見回しても、妻の姿はない。あるのは、明かりのついた、かつての我が家《わや》だけだ。

家の中に入ったのか？　と思いながら男が家を見つめていると、明かりのついていた玄関がにわかに騒々《そうぞう》しくなった。なんだ？　と思っているうちに、扉《とびら》が外側に大きく開いて、そこから人影《ひとかげ》が２つ飛び出してくる。

目が合った瞬間《しゅんかん》に、わかった。２つの影も、男を見るなり、時間が止まってしまったかのようにピタリと立ち止まる。

「ユウキ……ミサ……か？」

「お、とうさん？」

つぶやいたのは、女の子のほうだった。続いて男の子のほうが――すでに社会人になった青年に対して「男の子」というのもおかしいのかもしれないが――どうして、と、雨音に消えてしまいそうな声で言う。

久しぶり、元気だったか、大きくなったな、突然《とつぜん》すまない。思いつく言葉はいくつもあったのに、どれも、今この瞬間にはふさわしい言葉ではない気がして、男は白い手袋《てぶくろ》をはめた手を腹《はら》の前で無意味に組み合わせた。

「いや、たまたまなんだ。本当に、たまたま、母さんをタクシーに乗せて、今ここまで送ってきただけで……」

ただただ事実を伝えるのが精《せい》いっぱいだった。

そじて、男の言葉に息子は両目を見開き、娘は悲鳴のような音と一緒に息をのんだかと思うと、途端《とたん》に顔をゆがめてボロボロと泣《な》き崩《くず》れてしまった。

「ミ、ミサ？　どうしたんだ？」

たまらず家の敷地内《しきちない》に足を踏《ふ》み入《い》れ、崩れてしまった娘の肩をつかむ。声を上げて泣く娘は言葉にならないようで、かわりに答えたのは、青い顔をした息子のほうだった。雨にぬれた身体が、かがんだ男のすぐ目の前で、震《ふる》えていた。

「母さん、一週間前に事故にあって、病院に運びこまれて……ずっと、意識不明だったんだけど、さっき病院から電話があって、容態《ようだい》が急変して、息を引き取ったって……」

震《ふる》える声で、なんとかそこまでを言葉にしたところで、息子は押《お》し黙《だま》った。息子が口にした言葉に、男は自分の身体から魂《たましい》が抜《ぬ》け落《お》ちていくのを感じた。雨音が遠ざかり、ただ、なつかしい声だけが、背中のほうでよみがえる。

――早く帰らないといけないの……。

彼女が立っていた交差点は、病院近くの交差点。家に帰ろうとしていたのは、子どもたちが待っているからだろう。

――子どもたちのこと、よろしくお願いしますね。

だからこそ、偶然再会できた自分に、最後にあの言葉を遺《のこ》し、託《たく》したのだ。

……いや。あのタイミングにあの場所を自分が通ったことは……そこで、かつての妻を乗せたことは、偶然だったのだろうか？

まさか……彼女は最後に、自分に伝えたかったのではないだろうか。

――本当は私、あなたのこの背中を、ずっと支えていたかったのよ。それだけは、憶えていてね。

遠くから、雨の音が戻ってくる。それと同時に、あの日の記憶《きおく》が、鮮明《せんめい》に男の脳内《のうない》で再生された。

本当は別れたくなどなかった。そんな本心を必死に押《お》し隠《かく》していた感覚とともに。

「病院に行こう！　父さんの車に乗りなさい」

男の言葉に、息子と娘がうなずく。大きくなったといっても、まだ幼《おさな》さの残る2人の我《わ》が子《こ》を後部座席に乗せて、男はタクシーを出した。この子たちは、自分が守らなければならない。ここまで子どもたちを育ててくれた彼女の背中を支えてやれなかった分、せめて彼女を見送る義務が、自分にはあるのだ。

男がそう決意したのと同時に、フロントガラスを叩《たた》く雨がやむ。

タクシー運転手を仕事にしていて思うこと――人間ではない者を乗せてしまうことは、恐怖ではなく、優《やさ》しくてあたたかい出来事だということだ。


（作　橘つばさ）

侵《しん》入《にゅう》者《しゃ》たち

ある冬の寒い晩《ばん》、森の中で、1人の男が銃《じゅう》を片手《かたて》に耳をすましていた。その様子は、鳥か獣《けもの》が現《あらわ》れるのを待っているようにも見える。しかし、その男——ウルリッヒ・フォン・グラドウィッツが現れるのを待っていたのは、人間であった。

彼が所有するこの山林は、彼の祖父が、小地主《しょうじぬし》から裁判沙汰《さいばんざた》で無理矢理に奪《うば》いとったものであった。

土地を奪われた小地主は、その裁判が不服だった。それ以来、長い間、両家の争いは続いていて、グラドウィッツが家長になるころには、個人的憎悪《ぞうお》にまで発展《はってん》していた。

グラドウィッツが世界中で最も嫌っているのは、小地主の家を継《つ》いでいるズネームという男だった。

グラドウィッツとズネームは、子どものときからおたがいに相手の血にうえていた。両方が相手の不幸を心から願っていた。ズネームは、頻繁《ひんぱん》にグラドウィッツの山に侵入《しんにゅう》し、狩《か》りをしている。だから、この風の寒い冬の晩、グラドウィッツは数名の部下と森に赴《おもむ》き、侵入者を捕《とら》えるよう命令したのである。

いつもは茂《しげ》みに隠《かく》れてめったに姿《すがた》をみせぬ牡鹿《おじか》が、その晩に限《かぎ》って森のあちこちを走っている。ほかの森の動物も、いつもとは違《ちが》って騒々《そうぞう》しい。そのわけはよく分っている。ズネームが侵入しているからだ。

彼は山の高いところに部下を配置し、自分1人は急な斜面《しゃめん》をおりて、麓《ふもと》の深い森へはいり、森の音に耳をかたむけた。侵入者が入りこんでいないか。ズネームが潜《ひそ》んでいないか。もし誰もいない、この森の中で、仇敵《きゅうてき》ズネームとめぐりあうことができたら、その時こそ――それが彼のなによりの願望《がんぼう》だった。

そして、そんなことを考えながら、巨木《きょぼく》の幹《みき》をまわったとき、当《とう》の仇敵《きゅうてき》とばったり顔を合わせたのである。

2人は、長い間にらみあった。どちらも恨《うら》みに燃《も》え、手には猟銃《りょうじゅう》をもっていた。一生に一度の情熱を爆発《ばくはつ》させる時がきた。けれど、彼らはどちらも文明の世に生れた人間なので、ためらいなく人を殺すことはできなかった。どうしても、何かのきっかけが必要だった。

しばらくの間、2人がきっかけを見つけられないでいると、先に大自然がしびれを切らした。先刻《せんこく》から吹《ふ》きあれていた強風が、猛烈《もうれつ》に木々をゆるがし、大木《たいぼく》の幹《みき》を倒《たお》したのだ。倒れた大木は、逃《に》げ出すすきを与えず、2人をおさえつけた。グラドウィッツの片手は麻痺《まひ》し、片手は二股《ふたまた》になった枝におさえつけられ、両足も同時に太い枝におさえつけられていた。足がつぶれなかったことだけが幸いだが、起き上がることはできなかった。

おそらく、誰かがきて、大木の枝をノコギリで切ってくれるまでは、どうすることもできないだろう。顔にあたった小枝で、目に血が流れこんだ。まばたきで、その血を払《はら》い見てみると、すぐそばでズネームも彼同様におさえつけられていて、しきりにもがいている。もがいても起き上がることはできないらしい。

グラドウィッツは、動けなくなったのを口惜《くちお》しがっていいのか、生命《いのち》が助かったのを感謝していいのか、複雑な気持だった。

顔から血を少しばかりだしたズネームが、もがくのをやめて、大声で笑いながら言った。

「お前も助かったのか。死んでしまえばよかったのに。しかし、滑稽《こっけい》だな、グラドウィッツが、おれたち一族から盗《ぬす》んだ山の中で動けなくなるとは。天罰《てんばつ》だ！」

グラドウィッツも言い返す。

「盗んだ山だと？　ここはおれの土地だ。すぐにおれの部下が助けにきてくれる。お前は、密猟《みつりょう》に入ったところをおれの部下に発見される、いい恥《はじ》さらしだ。気の毒なやつだ」

ズネームは、しばらく沈黙《ちんもく》し、こう答えた。

「部下が助けにきてくれる？　そりゃ本当か？　おれの部下たちも、今夜、この山に来ているんだ。もうここへ来るだろう。来たら、まずおれを助けだしてくれて、そのあとで、お前のうえに大きな木をもひとつ乗せるだろう。お前の部下が来る頃《ころ》には、とうにお前は死んでしまっている。葬式《そうしき》の日には、お悔《く》やみくらいはくれてやるよ」

グラドウィッツは、口を尖《とが》らせて言った。

「おれは、部下に10分経ったらここへ来いと言ってある。もう来る頃だろう。来たら、今お前が言ったのと同じことをしてやるよ。おれは、お悔みの手紙は出さないがな！」

「それならおれたちは、どちらかが死ぬまで戦おう。お前のほうに部下がいるなら、こっちにもいる。ここで勝負をつけるなら、邪魔者《じゃまもの》が来なくていい。早く死ぬがいい！」

「お前こそ、早く死んじまえ！　他人の山林の中に入って猟《りょう》をする、この泥棒《どろぼう》！」

2人とも、すぐ部下が来て、助けてくれると思っていた。助かるのは自分のほうが早いと思っていた。だからあらゆる毒々《どくどく》しい言葉でののしりあった。

だが、しばらくすると、2人ともがいても無駄《むだ》なことがわかったので、あまり動かなくなった。グラドウィッツは、比較的《ひかくてき》自由な片手を、上着のポケットに入れて、小さな酒のビンをだした。ビンを出せても、フタを開けて飲むのが一苦労だった。でも、ぐっと一飲みした時の気持は格別だった。酒がまわると、いい気持になって、苦痛《くつう》のうなり声をだしているとなりの男が、可哀《かわい》そうになった。

グラドウィッツは、不意にこんなことを言った。

「この酒を一口飲ましてやろうか。とてもうまい酒だ。今夜のうちに、お前かおれのどちらかが死ぬんだ。一杯《いっぱい》飲んだらどうだ？」

「だめだ。おれは目のふちに血が固まって、なにも見えない。それに、敵といっしょに酒を飲むのは嫌《いや》だ」

グラドウィッツはしばらく黙《だま》って、風の音を聞いていた。そして、時々苦しそうな声を出すとなりの男に目をやった。グラドウィッツは、烈火《れっか》のように燃えていた憎悪《ぞうお》の炎《ほのお》が、だんだん消えてゆくのを感じていた。

「ズネーム、お前の部下が先に来たら、どうにでも勝手にするがいい。しかし、おれは考えを変えた。おれの部下が先に来たら、まずお客様として、お前から先に助けさせて、おれはあとで助けてもらうつもりだ。おれたちは、この土地のことで、みにくく争ってきた。風に吹《ふ》かれるこの山の木が、曲りくねって生長するのと同じだ。だが、今、ここに寝転《ねころ》んで考えてみると、じつに馬鹿らしいことだ。世の中には、土地のことでケンカするより、もっと面白いことがたくさんある。どうだね、これからはケンカをやめて、仲良くしようじゃないか」

ズネームは返事をしなかった。死んだのではなかろうかと、グラドウィッツは思ったが、しばらくするとズネームが静かに言った。

「お前と2人で市場を歩いたら、みんながびっくりするだろうな。でも、おれたちが仲直りしたら、山の男たちは喜ぶだろう。もう、仲直りしたって、誰も文句を言ったり、邪魔《じゃま》したりする奴はいないんだ……祭の晩《ばん》には、お前もおれの家へ来てくれ。そのかわり、おれも時々ご馳《ち》走《そう》になりに行くよ。……もう、これからは、お客として招待された時以外、お前の山の中へ入って猟銃《りょうじゅう》を撃《う》ったりなんかしないよ。長い間、おれはお前を憎み続けてきたが、今夜から心を入れ替えた。お前にもらったこの一杯の酒で、これからは友だちになろう」

しばらく黙《だま》ったまま、2人はこの劇的《げきてき》な仲直りがおよぼす、世間《せけん》の変化を考えていた。そして強い風が吹いて、大木の幹や梢《こずえ》をうならせるこの寒い暗い森のなか、早くどちらかの部下がきてくれと、心に念じていた。もうこうなっては、どちらの部下がきても、両方が助かるのである。でも、やはり、早く来るのが、自分の部下であることをのぞんだ。それは、今までの敵に好意を示すという名誉《めいよ》ある仕事を、自分でしたいからであった。

風がやんだ。沈黙《ちんもく》をやぶるようにグラドウィッツが言った。

「2人で声をそろえて呼《よ》んでみようじゃないか。今は静かだから、遠くまで聞えるかもしれない」

「木がしげっているから、よほど大きい声をださないと聞えないかもしれない。でも、呼んでみよう！」

2人はいっしょに大声で呼んだ。

反応がないから、また呼んだ。

呼んだあとで耳をすまして返事を待った。

「なんだか向こうのほうで、返事のようなものが聞えたぞ」

グラドウィッツが言った。

「風の音だろう。おれにはなにも聞えなかった」

グラドウィッツは耳を傾けていたが、急に嬉《うれ》しげな声になって。

「森の向こうから走ってくるのが見える。おれが降りてきたのと同じ坂道を降りてきてる」

また2人で声を合わせ、ありったけの力で叫《さけ》んだ。

「今の声が聞えたらしい。よく見えないが立ち止まって考えているようだ。気づいたみたいだ。こっちにどんどん走ってくる」

グラドウィッツが言った。

「何人いるんだ？」

ズネームが聞く。

「まだよくわからない。９人か10人くらいだと思う。」

「それなら、お前の部下だろう。おれのほうは７人しかいないから」

「一生懸命に走ってくれている。元気のいいやつだ」

グラドウィッツは満足らしげに言った。

「やっぱりお前の部下だったか!?」

ズネームが聞いた。

そして、返事がないので、また、「お前の部下か?」と聞いた。

「いや」と答えて、グラドウィッツは、狂《くる》ったように笑いだした。それは、恐怖《きょうふ》に震《ふる》えているようでもあった。ズネームは、不安になって聞いた。

「お前の部下じゃないなら、誰が来たんだ?」

グラドウィッツは答えた。

「狼《おおかみ》だ…」


(原作 サキ 翻案 蔵間サキ)

鳴らないで

「もしもし」

『はい。河合《かわい》ですが』

受話器から眠《ねむ》そうな女の声が聞こえた時、ぼくは一瞬混乱《いっしゅんこんらん》して、

「はあ？」

としか言えなかった。すると女の語調が強くなった。

『はあ、ってどういう意味ですかっ。誰《だれ》なの？　もしもしっ』

「あの。吉岡《よしおか》、ですけど……」

『吉岡？　知らないわねぇ』

「はあ」

ぼくだって、河合なんて知らない。

『はあ、じゃないでしょ。いったい何時だと思ってるんですかっ。イタズラしないでください！』

「あ、いえ、ぼくは――」

『じゃ、何の用なのよ』

「べつに、ぼくは、用はないですけど」

急に女は押《お》し黙《だま》った。しばらくして聞こえた声は冷ややかでドスが利《き》いていた。

『今度かけてきたら警察《けいさつ》に知らせます。ぜったいに調べあげてもらいますから、そのつもりで』

通話を途絶《とぜつ》する非情な機械音が、真冬のぼくの部屋に響いた。

午前3時16分。

ぼくは首をかしげて、受話器を置くと、電話をじっと見つめた。

すると、また電話は鳴りだした。


（作　山口タオ）

わたしが生まれたとき

スポーツ中継《ちゅうけい》が長引き、楽しみにしていた番組が放送延期《ほうそうえんき》になったので、テレビに毒づきながら机《つくえ》に向かった。そろそろ明日の授業の準備をしなければならない。学校のことを考えるのは、気が重いことだった。

このごろ、本当に子どもたちを指導できているのか、まったく自信がなくなっている。教師という仕事は、自分に向いていないのではないか。もし生まれ変われるとしたら、自分は何の仕事に就《つ》けばいいのだろう。毎日そんなことばかり夢想している。自分でも重症《じゅうしょう》だという自覚がある。

そんなことを考えてもしょうがない。まずは机の上に積み上がった宿題の作文の山を読むとしよう。ペンケースから赤鉛筆《あかえんぴつ》を抜《ぬ》き取《と》って口にくわえ、歯型がつくほど強く噛《か》んだ。

――「わたしが生まれたとき」

5年B組　小森遥人《こもりはると》――

遥人は何をやらせてもよくできる生徒だ。成績優秀《ゆうしゅう》で、これまで問題を起こしたことは一度もない。B組でも、誰《だれ》とでも分《わ》け隔《へだ》てなく仲よくしている。家庭環境《かんきょう》も申《もう》し分《ぶん》がない。理解ある家族のもとで幸福そうだ。「わたしが生まれたとき」という作文の課題は、家族の中で会話が生まれることを狙《ねら》ったものだったが、遥人ならば、そんなものの助けなど不必要だったに違いない。

――会社がうまくいかずに、どこで死のうか迷《まよ》っていました。

出だしの1行を読んで、「遥人は何について書いているんだ」と、驚《おどろ》いた。
おそらく父親のことだろう。けれど、よく父親が、そんなことを話してきかせたものだ。

――どうせ死ぬなら、「ここがもっともふさわしい」と思うところで死にたいと考えました。アメリカならグランドキャニオンから飛《と》び降《お》りるのがいいかな。南極でペンギンに囲まれて死ねるのなら本望《ほんもう》だな、などと真面目《まじめ》に計画書を作りました。そうこうしていると、自殺したいと考えている仲間と親しくなり、ここが一番と教えられたのです。

「この先、どうなるんだと思わせる」という意味では、よく書けている。そして、「ここ」とは、どこなんだろうか、とても興味がわいた。

――古い地図でしたが、とても分かりやすく、正確でした。そして、その場所に行ってみることにしました。岬《みさき》の突端《とったん》に高い塔《とう》が見えます。あそこに違《ちが》いありません。近づいていくと、塔のてっぺんで大きなトリが不思議《ふしぎ》なダンスを踊《おど》っているのが見えました。長い首をそらし、羽根を開いたり閉《と》じたりして、ときおりラッパのような声をあげながらピョンピョン跳《は》ねまわっています。

そんな場所があるなら、ぜひ行ってみたいものだ。そこに行かなければならないのは、私のほうかもしれない。

――塔の下までやってくると、塔の外側に蛇《へび》のように巻《ま》き付《つ》いた石段《いしだん》があるのが見えました。わたしは少し上ってみることにしました。息苦しくなってくるかと思ったのですが、その逆でとても足が軽い。さらに上りました。「おっ」と声が出ました。身体全身に力が戻《もど》ってきているのが実感できたからです。腕《うで》を見ると、とてもつややかです。若返《わかがえ》っていました。気持ちのことではありません。本当に子どものような姿《すがた》になっていたのです。この塔は、上に行けば行くほど、若返るようです。

私は読み違えていたんだと、やっとそこで気がついた。これは、遥人の父親がした話だと思《おも》い込《こ》んでいたが、どうやら本人の話をしているようだ。

――最後は必死でした。わたしは、赤《あか》ん坊《ぼう》になっていたので、全身の力を振《ふ》り絞《しぼ》らなければならなかったからです。でも、そこまで来たら大きなトリはその長いクチバシをわたしの身体に寄せて支え、少し手助けしてくれるようになっていました。そして、ついにてっぺんに上りきったわたしは、大きなトリをまねてダンスを踊《おど》りました。

私は、自然と右の拳《こぶし》を顔に近づけ、「ヤッタ」というポーズをしていた。

——さぁ、ここからです。勇気がいります。でも、大きなトリが優《やさ》しい目でうながしてくれました。わたしは、思い切り手足を伸《の》ばして、塔のてっぺんから「エイ」と跳《と》びました。身体がふわりと浮《う》きました。するとすぐに、身体は大きな広い布で受け止められていました。頭の中に、その大きなトリが話しかけてきます。

「幸せな小森さんの家に、きみを届《とど》けてやろう」

これが、わたしが生まれたときに起こった出来事です。

おわり

わたしは遥人に電話した。

「あぁ、遥人か。今、作文を読み終えたところだ。あれはきみが本当に体験した話なんじゃないのか。その場所を教えてくれないか」

「ふふふ。先生、コウノトリが赤ちゃんをどこから連れてくるか、わかった？」

「あぁ、よくわかった。それより、先生は今、場所を訊《き》いているんだ！」

「先生、それは教えられないよ。絶対に教えられない」

「頼《たの》む！ 今、先生には、その場所が必要なんだ」

「先生、ダメだよ。だって、先生は、ずっと僕たちの先生でいてくれなきゃ困《こま》るから」

私は作文の余白《よはく》にこう書き加えた。

「きみの作文が、先生にとっての『わたしが生まれたとき』になった。ありがとう」

（作　江坂遊）

ある男の人生《ヒズ・ライフ》

ノックの音がした。

のぞき窓《まど》の向こうの恰幅《かっぷく》のいい影《かげ》を眺《なが》めた後、バーテンダーは無言《むごん》でドアを開けた。

カウンターに5席あるだけの小さなカクテルバーだった。ガス灯のような淡《あわ》い明かりと、つぶやくような黒人女性の歌声以外に、さした飾《かざ》りはない。バーテンダーも若い。ただその腕《うで》の動きは風変わりで素早《すばや》く、この夜初めて訪《おとず》れた客の目を引くものがあった。

ほかに客はいなかった。

マティニが置かれて、空になった。

バーテンダーと客の老紳士《ろうしんし》が言葉を交わしたのは、それからだった。

「いかがでした、うちのマティニは」

「ここはエレベーターホールなみに殺風景《さっぷうけい》だ。バーテンダーはならず者の格好《かっこう》。椅子《いす》は高くて、少々硬《かた》い。だが、わしはまだここにこうして座《すわ》っている。それで充分《じゅうぶん》だろう、きみ」

「デイブでけっこうです」

夜を見つめる豹《ひょう》のようだったバーテンダーの瞳《ひとみ》に微笑《ほほえ》みが浮《う》かんだ。

「デイブ。いろいろとおもしろい酒を出すそうだな」

「客によりまさぁ」

「今夜の客は、悪くないはずだが？」

「旦那《だんな》が、この世で一度きりしか味わえない酒があります」

老人はいかつい顔を初めて崩《くず》した。

「大きく出たな。一杯《ぱい》、頼《たの》もう」

「わかりました」

目の前に置かれたカクテルの名は、変わったものだった。そのカクテルは、透明《とうめい》な色が重なり合って、どこか異国《いこく》の虹《にじ》に見るような不思議な輝《かがや》きを放っている。

しばらくそれを楽しんだ後、老人は涙滴型《るいてきがた》にすぼまったグラスをそっと持ち上げた。そしてひと口すすった。

驚《おどろ》きが顔に広がった。

「これは……。カクテルの名の通り、たしかに誕生《たんじょう》の歓びを感じる。生命の瑞々《みずみず》しさがはじけるようだ。祝福の光が口にあふれてゆく」

そしてため息とともにうなずいた。

「能書《のうが》き垂《た》れるだけのことはあった、と認めよう。デイブ」

「ま、じっくり飲《や》ってください。そいつは旦那《だんな》のためにあつらえた特製もんです。ほかには出しません」

紳士然としていた客の目に、ふと傲慢《ごうまん》な光が宿った。

「わしを知っとるようだな」

バーテンダーは目でうなずいた。

「おいでを心待ちにしてました。旦那でなきゃ、この微妙《びみょう》な味わいは分かっていただけませんので。以後、ごひいきのほどを」

「魂胆《こんたん》は読めたぞ。開店早々、わしのお墨付《すみつ》きをもらおうとは、冴《さ》えたアイデアだ」

装飾《そうしょく》のない壁《かべ》を見まわしながら、老人は嬉《うれ》しそうに口ひげをなでた。

「だが、わしは酒に関しては職務以上に厳格《げんかく》でな。さて」

グラスを上げて、ふたたび口に含《ふく》んだ。すると老人は信じられないといった目で、グラスの中にゆらめく液体を見つめた。

「味が変化した。母親に抱《だ》かれるような甘《あま》さだ。官能的な……それでいて安らぎも感じる。こんな不思議な。おっ！」

厳《いか》めしい顔がみるみる和《やわ》らいだ。

「なんということだ。走りだした！　動く喜びに、純粋《じゅんすい》な生命《いのち》の歓《よろこ》びにはしゃいでいる。わしの舌《した》は感じるぞ。——デイブ。天才だ、きみは」

秘密《ひみつ》めいた微笑みが見返している。

「これからですよ、旦那」

「なんだと。まだ変化するのか!?」

老人の指先で渦巻《うずま》く虹《にじ》を見つめながら、バーテンダーはつぶやくように言った。

「そのカクテルの名は、『ある男の人生《ヒズ・ライフ》』。そう言ったはずですぜ」

老人は待ちきれぬ面持《おもも》ちで唇《くちびる》をつけた。

「なんだ、この変わった味わい。こんな味は……。まさか。いや、そうだ。悲しみだ。ひどい悲しみだ。こんな味があるとは」

「もの心ついた頃《ころ》、その男は、親に捨《す》てられたんでね」

「孤独《こどく》だ。幼《おさな》い魂《たましい》が血を流している。氷原《ひょうげん》を裸《はだか》で歩くようだ」

老人は目を閉《と》じ、カクテルグラスの中を旅するようだった。

ふいにその白い眉《まゆ》が動いた。

「む。一転した。嵐《あらし》だ。荒《あ》れ狂《くる》っている。——激《はげ》しい憎《にく》しみ。復讐《ふくしゅう》だ、これは」

「前科者のお定まりの道でさ。ま、たいした罪は犯せねえヤツなんですが」

ノックの音がした。

2人連れの客が陽気に入ってきて、もう一方の端《はし》に腰掛《こしか》けた。

バーテンダーがしばらくその相手をして、戻《もど》ってきた時、老人はうっすらと目を開いた。そして目の前にいる頬《ほお》のこけた男をじっと見すえた。若いと思ったが、それ以上のものが刻《きざ》まれていた。

「デイブ。まさか、わしの口にあるのは、きみの人生じゃあるまいな」

老人に楽しむ様子は消えている。

だが返事は乾《かわ》いた笑《わら》い声だった。

「残念ながらわたしの両親は、ガキを捨《す》てるほど慈悲深《じひぶか》くはないんでね。捨てるよりゃ稼《かせ》がせたほうが得だと踏《ふ》んだんでしょ」

老人は目だけで笑い返した。

「じゃ、誰《だれ》なんだ。この中にいるのは」

「古い付き合いで。どうしようもない乱暴者《らんぼうもの》だが、心の底はいい野郎《やろう》でね。わたしにゃあ、かけがえのない友だちでした」

わずかな沈黙《ちんもく》の後、バーテンダーは肩《かた》をすくめた。

「もう10年も前、殺しをやらかしたとかで、ひっぱられて。それっきり……」

「ムショ暮《ぐ》らしか」

老人は残り少なくなった虹色のカクテルにむかって、納得《なっとく》するようにうなずいた。そしてふたたびグラスに指を添《そ》えた。

「デイブ。おまえさんがこいつを作ってくれたわけが分かったよ。わしのような人間でなくては分からんさ。この哀《かな》しみが。やりきれぬ怒《いか》りが。そして……絶望がな」

憐《あわ》れむような口調《くちょう》でつぶやいた後、老人はグラスに残った男の人生をひと息に飲《の》み干《ほ》した。

「報われぬ人生があるもんさ」

そのとたん、老人の顔がこの世のものとは思えぬ恐怖《きょうふ》に凍《こお》りついた。

「何かが近づいてくる。やってくる。あ、あれは――死だ！」

喉《のど》から絞《しぼ》りだすような悲鳴があがった。

驚《おどろ》いたほかの客たちが顔を向けた時、老人は雷《かみなり》に撃《う》たれたように椅子《いす》からのけぞった。

「苦しい。心臓《しんぞう》が、心臓が止まるっ」

老人の目の前の暗闇《くらやみ》から声が聞こえた。

「ヤツぁ、死刑《しけい》になったんでさ。わたしが最後に面会に行った翌朝《よくあさ》のことでした」

「た、助けてくれ」

立ち上がりかけた2人連れの客を制した後、バーテンダーはゆっくりと言った。

「大丈夫《だいじょうぶ》。すぐにおさまります」

老人は胸《むね》を押《お》さえて、荒《あら》くなった息をなんとか整えた。そしていまいましげにカウンターに座り直した。

「どうでした、死刑台の味は」

「わしをからかったのか！」

「うちの売りものになりませんかね？」

「くだらん。悪趣味《あくしゅみ》だ」

威厳《いげん》を取《と》り戻《もど》そうとしてか、老人は顔をしかめ、吐《は》き捨《す》てるように言った。

「最低の酒だな。舌《した》の奥《おく》にまで、ひどく厭《いや》な味が残る」

だがカウンターのむこうの顔は、無表情のままだった。

「そこをじっくりと味わっていただきたいんでさ」

その声は空になったグラスの底から響《ひび》いてくるようだった。

「ヤツぁ、最後まで無実を叫《さけ》んでたんでね。裁判長《さいばんちょう》」


（作 山口タオ）

色《しき》彩《さい》レボリューション

遠い昔、地球には白と黒の色しかなかった。海も山も花も川もすべてが白と黒。

——どうすればもっと美しい星にできるのか？

殺《さっ》風《ぷう》景《けい》な地球を見下ろし、神様は頭を抱《かか》えこんだ。

やがて名案が思《おも》い浮《う》かび、神様はすぐに行動に移した。

特別な筆と絵の具を使い、自らの手で、地球を色《いろ》鮮《あざ》やかに塗《ぬ》っていったのだ。青い海、緑の山、赤や黄色の花々……。神様は自画自賛した。

「我ながら、素晴らしい出来ばえだ」

この出来事は、他の惑《わく》星《せい》の神様たちの間でも「色《しき》彩《さい》レボリューション」と呼《よ》ばれ、大きな話題となった。そのことにも、神様は大いに満足した。

さらに気をよくした神様は、地球上のすべてのものに色を塗った。

しかし、たしかに地球は色鮮やかな美しい星に変貌《へんぼう》を遂《と》げたが、よい事ばかりではなかった。肌《はだ》の色など、「色」という概念《がいねん》が、差別や醜《みにく》い争いを生んだのだ。

ほかの神々にほめられたくてやったことだが、やりすぎてしまったか……。神様はまた頭を抱えてしまった。

「色気《いろけ》を出しすぎると、ろくなことにならないな」

（作　塚田浩司）

戦場の2人

戦場——。

そこでは、人の生死が足元に転がっている。

生きている人間が気にかけるのは、足元の死体よりも、飛《と》び交《か》う銃弾《じゅうだん》や爆撃《ばくげき》。

戦場で生《い》き抜《ぬ》くには、人間らしい感覚にフタをして、やり過ごすしかない。

そんな中——。

1人の若い新兵が、最前線近くの兵舎でうずくまって泣いていた。

呼吸《こきゅう》が荒《あら》く、身体が細かく震《ふる》えている。

どうやら度重《たびかさ》なる銃撃戦で、精神的な限界を超《こ》えてしまったらしい。

老《お》いた兵士が、この若い兵士に気づき、なんとか平静《へいせい》を取《と》り戻《もど》させようとしている。

「おい、大丈夫《だいじょうぶ》か？」

「…はい、すみません。お恥《は》ずかしいのですが、全身の震《ふる》えが止まりません。私も死ぬのでしょうか？　怖《こわ》くてたまりません」

新兵の顔に血《ち》の気《け》はなく、視点《してん》も定まらない。

「これを飲め。熱いお茶だ。もう少し楽に考えろ。今は兵舎にいるんだ。敵《てき》の銃口《じゅうこう》だって今は、こちらを向いていない」

「すみません。ありがとうございます…」

新兵は頭を下げ、熱いお茶を飲みはじめた。

それからしばらくの間、新兵と老兵は、たわいもない話をした。新兵はようやく落ち着いたようだ。

「すみません。俺、取《と》り乱《みだ》してしまいました。少し落ち着きました」

「そうか、お前は優《やさ》しいんだな。だから戦場に来て混乱《こんらん》している。細い生死の境界線の上を踏《ふ》みはずさず歩かされるような、この狂《くる》った現実にとまどっているんだ。まぁ、誰《だれ》しも同じだ。この状況《じょうきょう》で、まともな奴《やつ》なんか、いやしない。そんなに気にするな。お前自身を守るためにも、叫《さけ》びたいときには叫んでいいんだぞ」

「はい。本当にありがとうございます。俺、実家でずっと引きこもりだったので……大勢《おおぜい》の中にいることだけでもダメなんです。やっぱり、こういう場所に来ると、人間的な弱さがモロに出てしまう気がします」

「そうか…」

老兵は空に向かってタバコをふかしている。

「大丈夫さ。生きてりゃ、なんとかなる。引きこもりか……お前の趣味《しゅみ》はなんだ?」

「趣味ですか? ゲームとかネットです。こんな戦争とは真逆の、思い切りインドアな趣味です」

「そうか……でも、俺みたいな年寄りまで徴兵《ちょうへい》されるしまつだ。あきらめろ。それより、次の命令が出るまでゆっくり休んでおけ。もし内緒《ないしょ》でゲーム機なんかを持って来ているのなら、こっそり楽しめばいい。俺から上官に、適当な理由をつけて許可をもらっておくから。……いいか、ちゃんと休んで出撃《しゅつげき》するときには、自分を取り戻しておけよ」

「はい! ありがとうございます!」

それから小一時間後――。

老兵は、兵舎の外に設置されたトイレに向かっていた。

「おや？」

すると、先ほどの新兵が50メートルくらい先にある、丸太の上に腰《こし》かけているのが見えた。

新兵はポータブルゲーム機を持っていて、夢中になってプレイしている。やはり、ゲーム機を持ってきていたらしい。どうやら、こちらには気がついていないようだ。

老兵が足音を立てずに、こっそり近づくと……。

新兵が、何かブツブツつぶやいているのが聞こえた。

「ちくしょう。ちょこまかと逃《に》げやがって！　ぶっ殺すぞ！　いや、逃げなくてもぶっ殺す！　どこに隠《かく》れていても、俺が必ず殺してやるからな！　弾薬《だんやく》もたくさん補充《ほじゅう》したし、ライフルに自動小銃《じどうしょうじゅう》、手榴弾《しゅりゅうだん》だって持っているんだ。泣きながら逃げろ！　震えながら逃げろ！　でも、ぶっ殺す!!　ヘイ！　一撃《いちげき》で殺してやるから出て来いよ！　ヘイ！　ヘイ！　楽に死にたいなら、早く出て来い!!　は？　なんでそんなところに味方？　邪魔《じゃま》だよ！　動き、オセー!!　老人かよ！　どけどけどけ！　もう、いっそ、味方も一緒に撃《う》ち殺《ころ》そうか!?　年寄りは、こんなところに来てねーで、家にこもって、茶でも飲んでな！　背中《せなか》から撃《う》ち抜《ぬ》くぞ!!」
どうやら新兵は、戦争ゲームの中では、銃撃戦を楽しんでいるようだ。
先ほどまで見せていた表情とはうって変わって、生き生きとしている。
老兵は新兵に声をかけられず、そっと向きを変えてトイレに歩きはじめた。
老兵は思った。
あの新兵に背中を向けて歩いてもいいんだろうか…。

（作　井口貴史）

消したい記憶《きおく》

　ここは、催眠療法《さいみんりょうほう》によって記憶《きおく》の一部を消し、心に傷《きず》を負《お》った患者《かんじゃ》を癒《いや》す診療所《しんりょうじょ》。この診療所には、毎日、記憶を消したい患者がたくさん訪《おとず》れる。看護師《かんごし》として働いているナツコは、毎日訪れる患者の多さに驚《おどろ》いていた。

　患者が集まるのはうなずける。人には誰《だれ》でも、消し去りたい記憶の1つや2つはあるだろう。失恋《しつれん》した人、仕事で失敗して恥《はじ》をかいた人、事故や事件の被害者《ひがいしゃ》となりトラウマを抱《かか》えた人、愛する人を失い、そのショックから立ち直れない人。大なり小なり、人にはそれぞれ、心の傷はあるはずだ。

　しかし、ここ最近、ナツコはこの診療所の治療法《ちりょうほう》に疑問《ぎもん》を抱《いだ》き始めていた。それは、この診療所の常連患者がキッカケだった。

　その患者は何度も診療所を訪れて、嫌《いや》な記憶を消して帰るのだが、その度《たび》に顔から生気《せいき》をなくし、表情を失っているように見えたのだ。

幸せになりたくて来院しているのに、どんどん不幸になっているのではないだろうか。それも無理はない。患者の記憶を消したとしても、それは一時的、かつ強引なもので、「消す」というより「隠《かく》す」に近いのではないかとナツコは考えていた。自分自身で乗《の》り越《こ》えていない以上、新たなトラウマが生まれることが多く、根本的な解決にはなっていないのだ。

そんな患者を見るたびに心を痛《いた》めていたナツコは、ある日、その日最後の診察が終わった後、とうとう医師に自分の意見を言ってしまった。

「先生、この治療では、患者さんは幸せになれないんじゃないですか？」

医師は突然《とつぜん》のナツコの指摘《してき》に、一瞬驚《いっしゅんおどろ》いた様子を見せたが、イスの背《せ》もたれに体をまかせ、落ち着いた口調《くちょう》で話し始めた。

「どうしてだい？　ここで嫌な記憶を消して楽になり、幸せに暮らしている患者が沢山《たくさん》いるじゃないか？」

医師の言うことは、ナツコは思っていた通りの答えだった。やっぱりこの医師には何もわかっていない。

「では、何度も来院してくる患者さんについては、どう思われますか？　ここでの治療では、患者さんは治療したこと自体も忘《わす》れてしまうから、何度も訪れます。でも、何度も訪れるってことは、幸せになっていない証拠《しょうこ》じゃないですか⁉」

ナツコの口調が激《はげ》しくなったが、医師は微笑《ほほえ》みながら答えた。

「100％の医療はないんだよ。それでも、救われている患者がいることはたしかだろ？」

「それはそうかもしれないですけど……。でも、過去《かこ》を消すって、何だか自分を失うような気がして、私は怖《こわ》いです」

「なるほどな。言いたいことは分かった。ただ、君に何と言われようと、私は自分の治療が正しいと思っている。すまんが、この後予定が入っているんで、これで失礼するよ」

医師はイスから立ち上がり、ナツコに背を向けた。ナツコが何も言わずにいると、医師は振《ふ》り返《かえ》り、ナツコに聞いた。

「君はここで働いていて幸せかい？　つらくて辞《や》めたいと思っているの？」

不意をつかれてナツコは動揺《どうよう》したが、少し考えて答えた。

「さっきは、さしでがましいことを言いましたが、先生がつらい思いをしている患者さんを助けようとしていることは、十分にわかっています。私も、そのお手伝いができて、やりがいを感じています。つらいこともあるけど、幸せです」

医師は、「そうか」とだけ言って部屋を出ていった。

医師は思い出していた。5年前、ナツコが診療所に連れてこられた時は、今とは別人のようにふさぎ込《こ》んでいたことを。

ナツコはもともと、別の病院で看護師をしていた。持ち前の責任感と一生懸命《いっしょうけんめい》さで、患者や同僚《どうりょう》からも信頼《しんらい》されていたという。しかしある日、ナツコが担当《たんとう》していた患者の病状が急変し、その患者は命を落としてしまった。

ナツコの仕事に不手際《ふてぎわ》があったのかどうかは知るよしもないが、真面目《まじめ》なナツコは責任を感じてしまい、その後、病院を辞めてしまった。そして、挙句《あげく》の果《は》てに、自殺未遂《みすい》まで起こしてしまったのだ。しかし、医師の治療によって、記憶をなくしたナツコは立ち直り、今、この診療所で働いている。

彼女は少し真面目過ぎる。その真面目さが厄《やっ》介《かい》なんだ。医師は、今日ナツコに指摘されたことも、あわせて思い出した。たしかにナツコの言うことはもっともだ。それでも……。

——幸せです。

さっき聞いたナツコの言葉を思い出した。それでもやはり、自分は治療を続けなくてはいけないんだ。

（作　塚田浩司）

水を1杯《ぱい》いただけますか？

男は、愛犬とともに長い旅をしていた。

野を越《こ》え、山を越えて歩き続ける男の側《そば》には、いつも愛犬がつきしたがっていた。

旅の途《と》中《ちゅう》の村々では、農家の仕事を手伝ったり、家《か》畜《ちく》の世話をしたりして、馬小屋に泊《と》めてもらうのが常《つね》だった。

寒い冬の夜は、男と愛犬はお互《たが》いに寄《よ》り添《そ》い合《あ》って暖《だん》をとり、厳《きび》しい寒さを耐《た》えしのいだ。


「あぁ、のどが渇《かわ》いた。水……。どこかに水はないものか……」


今、男と犬は砂《さ》漠《ばく》を歩いていた。

先ほど出会った砂漠の民《たみ》に聞いた話では、近くに泉《いずみ》があるはずなのだが、見《み》渡《わた》す限り砂の丘が続くばかりだった。

容赦《ようしゃ》なく照りつける太陽。飢《う》えと渇《かわ》きのため、歩みは、遅々《ちち》としていた。

男は愛犬に語りかけた。

「ごめんよ。どうやら方向を間違《まちが》えたようだ」

犬は、慰《なぐさ》めるような目をして男を見上げるだけだった。

「飢えよりも耐えられないのは、この、のどの渇きだ。一滴《てき》でもいい。水を……」

太陽はまだ彼らの頭上にある。

男は、いきなり胸《むね》を押《お》さえて砂《すな》の上にドッと倒《たお》れ、そのまま動かなくなった。

愛犬には、主《あるじ》の身に何が起こったのかわからなかった。だから、男のために食料を探《さが》しに走り回った。何か食べるものを探してくれば、目を覚ましてくれるかもしれない。よくやったと、頭をなでてくれるかもしれない、と思ったのだ。

犬には、男が死んだことが理解できなかった。

一日かけてようやく見つけた小さな草むらには、小さな野ブドウがあった。

それをくわえて戻《もど》った犬は、男の前に置いた。

しかし、男はうつぶせに倒《たお》れたままで動かない。

犬はちょっと考えて、野ブドウを男の手の近くに置き直してみた。目が覚めたらすぐ食べられるように。

そして、倒れている男の腕《うで》にあごを乗せると、安心したように目を閉《と》じた。

あばら骨《ぼね》が浮《う》き出《で》た犬の腹《はら》は、一度大きく上下して、そして動かなくなった。


真っ暗な闇《やみ》が広がっている。

「ここはどこだ?」

男は、自分が死んだことに気がついた。

闇の隙間《すきま》から、砂漠に倒れている自分が見えたのだ。そばには、寄《よ》り添《そ》うように横たわる愛犬の姿《すがた》もあった。そして、干《ひ》からびた野ブドウも。

「!」

男は理解した。犬が自分のために、わずかな食料を探してきてくれていたのだと。男の胸に熱いものがこみ上げてきた瞬間《しゅんかん》だった。

「クーン」

どこからか聞こえてくる愛犬の鳴き声に、男はハッとした。キョロキョロと辺《あた》りを見回すが、その姿《すがた》は見当たらない。幻聴《げんちょう》だったかと肩《かた》を落としたその時、愛犬の鼻先が男の手に触《ふ》れたのを感じた。

「おお、ここにいたのか。お前が一緒《いっしょ》で、本当によかった！」

男は、犬を抱《だ》いて泣いた。

それにしても、この、のどの渇きはどうだ。死んだ後までも、のどの渇きがこんなに強烈《きょうれつ》に残るものなのか。

暗闇の中を、愛犬とともに男はよろよろと歩きだした。

しばらく歩くと、彼方《かなた》に明るい光が見え、近づくにつれ輝《かがや》きを増していった。それは、黄金の放つ光だった。黄金でできた立派《りっぱ》な門が姿を現《あらわ》した。門の前には、これまた立派《りっぱ》な身なりの門番がいた。男が近寄ると、その門番は美しい顔に穏《おだ》やかな笑《え》みを浮かべた。

おそるおそる男は聞いた。

「あの……、ここはどこですか？」

やわらかな心地《ここち》よい声で門番は告げた。

「ここは、天国ですよ」

「えっ！　私は天国に来たんですか？」

「そうです。お見かけしたところ、だいぶご苦労されたようですね。お気の毒に。どうぞご安心なさって、中にお入りください」

心地よい音楽とともに、黄金の門が開いた。

「ありがとうございます！　のどが渇《かわ》いて耐《た》えられないんです。水を一杯いただけますか？」

男は、すがるように門番に聞いた。

「もちろんです。天国には、おいしい水が用意してあります。ほら、こちらにある料理も、お好きなだけ召《め》し上《あ》がれますよ」

男は目を見張った。

門の中には、まばゆく輝く宮殿《きゅうでん》がそびえ、広い前庭に置かれたたくさんのテーブルには、それぞれ豪華《ごうか》な料理が並《なら》んでいた。その間を、美しい乙女《おとめ》たちが、手提《てさ》げカゴに入れた香りのよい花々をまき散らしながら、ゆったり歩きまわっている。

「おお！　思い描いていた天国そのものだ！　ありがたい！」

男は喜び勇んで、愛犬とともに天国へと足をふみいれた。


「お待ちください！」

「え？」

門番は申《もう》し訳《わけ》なさそうに言った。

「お入りになれるのは人間だけです。動物は……入れない規則《きそく》になっています」

「私だけ、だって？」

「こちらで、その犬とお別れください。ここに入れるのは、あなただけなのです」

「――冗談《じょうだん》じゃない！　そんなこと、できる訳ないじゃないか！」

怒《おこ》った男は、ふたたび暗闇に戻《もど》り、愛犬とともに歩きだした。

しかし、いったん水が飲めると思った分、のどの渇《かわ》きは以前にも増して耐《た》えがたいものとなっていた。

かろうじて歩《ほ》を進める彼らの前に、今度はみすぼらしい木戸《きど》が現れた。

その向こうには、青々とした森と穏《おだ》やかな空が見える。

木戸の前で、ひとりの男が本を読んでいた。門番と思われるが、男と犬が近寄《ちかよ》っても、本から顔をあげようともしない。

「すみません。水を一杯いただけますか？」

「ああ、いいよ。中に井戸があるから好きなだけ飲んでいきなさい」

「ありがとうございます！」


男と愛犬は、やっと水にありつけた。

清《きよ》らかな水をたっぷりと飲み、顔も洗《あら》った。全身に水をかけてもらった犬は、うれしそうに吠《ほ》えた。男も笑った。

男はすがすがしい気分になって引き返し、本を読んでいる門番の男に聞いてみた。

「ところで、ここはどこですか？」

本に目を落としたまま門番は答えた。

「天国だよ」

「えっ！　でも、さきほど通ってきたところも、『ここが天国だ』と言ってましたが？」

「あぁ、あれは地獄《じごく》行きの人の待合所《まちあいじょ》だよ」

「なんですって？」

驚《おどろ》いた男はさらに聞いた。

「地獄が天国を名乗っているなんて！　あのままにしておいていいんですか？」

「あぁ、かまわないさ」

木戸の門番の男は、初めて本から目を離《はな》して男を見つめた。

「大切な親友を見捨《みす》てる人間か、そうでないかを見極《みきわ》められるからね」

そう言うと、天国の門番は片目《かため》をつぶって静かに笑った。


（原案　欧米の民間伝承　翻案　おかのきんや）

治療《ちりょう》

ジェフ・スナイデルは、山間《やまあい》の小さな町に、医者の息子として生まれた。

小学校の頃《ころ》のジェフは、この山間の町が大嫌《だいきら》いだった。空気がきれい、山々の緑が美しい、と言えば聞こえはいいが、要するに自然以外に何もない、平凡《へいぼん》な田舎《いなか》の町だった。

それに、ジェフの家の生活は、医者という職業からは想像《そうぞう》できないほど苦しかった。買ってほしいオモチャも、年に1度、クリスマスにしか買ってもらえない。

「こんな町、いつか出ていってやる。いつか都会に出て、たくさん稼《かせ》いで、好きなモノを買いたいだけ買って、楽しく暮《く》らすんだ」

子どもながらに、そう思っていた。しかし、成長するにつれて、ジェフの考えは変わっていった。父親が、儲《もう》けなどを度外視《どがいし》して、町の人々のために尽《つ》くしていることを知ったのだ。そんな父を尊敬《そんけい》せずにはいられなかった。

父親は、患者《かんじゃ》からの信頼も絶大《ぜつだい》だった。その患者たちからも、ジェフは影響を受けた。特にジェフが感化されたのは、大富豪《だいふごう》の入院患者、ヴァンダービルト夫人の言葉だった。

「ジェフ、あなたのお父さんは素晴《すば》らしい人よ。いつまでたっても治らない私を、あなたのお父さんはずっと見捨《みす》てないでいてくれている。あんなに素晴らしい人はいないわ。あなたのお父さんは、私にとって、いいえ、この町にとって希望そのものよ」

父親の生き方に対する、最大級《さいだいきゅう》の賛辞《さんじ》だった。ジェフは決意した。

「僕も、お父さんみたいな立派な医者になろう」

ジェフは猛勉強《もうべんきょう》をした。そして父親と同じように、都会の医科大学に入学した。入学しても、ジェフが勉強を怠《おこた》ることはなかった。周囲の学生たちが、クラブ活動や恋愛に夢中《むちゅう》になっているのには目もくれず、ジェフは勉強しつづけた。

将来は、故郷《こきょう》に戻《もど》って父親のあとを継《つ》ぎたい。そして、病に苦しんでいる人々の役に立ちたい。そう考えていたジェフには、遊んでいる時間などなかったのだ。そして彼は、誰よりも人にやさしく、温厚《おんこう》な青年に成長した。彼はまた、教授たちからの信頼も厚かった。そんなジェフが、一度だけ怒《いか》りをあらわにしたことがあった。ジェフを怒《おこ》らせたのは、父親の元同級生で、今は大学に勤める高名な教授だった。

教授は言った。

「お父さんは、元気かね？」

「はい、おかげさまで」

「ふむ、それはよかった。あいつは本当に、昔から優秀なやつだった。成績では、私すらかなわないほどだった。ただ――うむ、やめておこう」

「なんですか？」

「いや、彼の息子である君に話すことじゃなかった、すまない」

「気になります。言ってください」

「こんなことを言うのも申し訳ないが――。彼はたしかに優秀だったが、若いころは金にがめつくてね。金儲《かねもう》けの話ばかりしていた。それがきっかけで、当時の教授たちから嫌《きら》われてしまった。大学に残ることができなかったのも、そのせいなんだよ。まぁ、昔の話だが」

そう言って、教授は話を終わらせようとした。しかし、ジェフは納得《なっとく》がいかなかった。

「うちの父に限って、そんな、バカなことがあるものか！」

「いや、ちょっと声が大きいぞ。落ち着きなさい」

「これが落ち着いていられるものですか！　父は金に執着《しゅうちゃく》するような人間ではありません。父は今、純粋《じゅんすい》に町の人々のためを思って働いているのです。昔、成績で父にかなわなかった腹《はら》いせのつもりなのかもしれませんが、そんな悪口は許せない。『金にがめつい』なんて、父を侮《ぶ》辱《じょく》することは、あなたが教授だからといって絶対《ぜったい》に許せません！」

あまりの剣幕《けんまく》に気圧《けお》されて、教授は思わず頭を下げた。

「いや、すまん、私の勘違《かんちが》いだったかもしれん、謝《あやま》るよ、ごめんごめん」

「今後二度と、父の悪口は言わないでください」

ジェフは医科大学を、主席で卒業した。医科大学の学長から直々《じきじき》に、大学に残るように請《こ》われた。しかし、ジェフはその誘《さそ》いを断《ことわ》った。父のもとで、医者として修業するという信念は揺《ゆ》るがなかった。こうして、ジェフは、数年ぶりに故郷《こきょう》に戻《もど》った。

懐《なつ》かしき故郷。変わり続ける都会の姿《すがた》とは対照的に、山間《やまあい》の町の風景は、数年前と何一つ変わらなかった。ジェフの帰郷《ききょう》を涙ながらに喜ぶ父に、ジェフは言った。

「父さん、卒業祝いとしてお願いがあるんです」

「なんだ、何かほしいものがあるのか？」

「海外旅行です」

「そうか、よかろう、行って来なさい」

「いえ、僕じゃないんです。お父さんに海外旅行に行ってほしいんです」

「何、私に？」

「そうです。お父さんは、これまで休みもとらず、一心不乱《いっしんふらん》に働いてきました。だから、たまには旅行にでも行って、身体を休めてほしいんです。大丈夫《だいじょうぶ》、留守《るす》の間は、僕が立派に病院を守って見せますよ」

父親は、また泣いた。そして、息子の願いを聞いて海外旅行に旅立った。

父親が旅行に行っている間、ジェフにはどうしても、やっておきたいことがあった。それは、ヴァンダービルト夫人の治療だった。ジェフに医者になることを決意させた恩人《おんじん》、ヴァンダービルト夫人は、いまだに入院したままだった。

大学で学んだ最新技術で、ヴァンダービルト夫人を治療したい。それは、ヴァンダービルト夫人への恩返しであり、父親へのサプライズプレゼントでもあった。

ジェフの治療によって、ヴァンダービルト夫人は劇的《げきてき》に回復した。父親が帰国したのは、ヴァンダービルト夫人が退院した2日後のことだった。

ジェフは父親に、空になった入院ベッドを誇《ほこ》らしげに見せ、にっこりと笑って言った。

「ヴァンダービルト夫人は退院しました、お父さんによろしくと言っていましたよ」

すると父親は、青ざめて叫《さけ》んだ。

「なんてことをしてくれたんだ！　あの人は、お前の恩人なんだぞ！」

「そうです、だから治したんです」

「お前は何もわかっちゃいない、あの人を回復させず入院を長引かせているおかげで、この病院を経営できているんだ。お前が大学に通えたのだって、そのヴァンダービルト夫人が入院していたからこそなんだぞ！　あの人がいなかったら、この病院なんて、とうに経営破綻《けいえいはたん》だ。そうなったら、この町から病院がなくなるぞ！　今すぐ夫人に電話して、『まだ治ってませんでした』と説明して再入院してもらえ！」

（原案　欧米の小咄、翻案　蔵間サキ）

ブランコ

瑞葉《みずは》が家を出て空を見上げると、空は瑞葉の心を映《うつ》したように、どんよりと灰色《はいいろ》によどんでいた。感情に任《まか》せて飛び出してきてしまったので、財布《さいふ》もカードも持っていない。つまり、どこへも行けない。

そんな瑞葉をあざ笑うように、冷たい風が吹《ふ》いた。これだけは、と羽織《はお》ってきたカーディガンを体の前で合わせ、行くあてもなく歩き続ける。いずれ帰るしかないことは、わかっている。それでも、今はひとりでいたい。自分にも母親にも、頭を冷やす時間が必要だ。

いつしか瑞葉は、近所の公園にやってきていた。急に季節が進んで冷えた平日の昼下がり、夕方には雨になるという天気予報もあってか、人影《ひとかげ》は見当たらない。

ただ、公園の片隅《かたすみ》で、半透明《はんとうめい》の少女がブランコをこいでいる以外には――。

ブランコは、不思議《ふしぎ》な乗り物だ。地面にくっついてもいなければ、宙《ちゅう》に浮《う》かんでいるわけでもない。どこともしれない場所に存在《そんざい》しているブランコは、前へ行ったり、うしろへ戻《もど》ったりを繰《く》り返《かえ》すから、時間に「共鳴《きょうめい》」するのだろうか。未来へ行ったり、過去《かこ》へ戻ったり、ブランコはひとりでに時間旅行をしてしまう——瑞葉は、そう考えていた。

もしも、公園や校庭で半透明の体をした誰《だれ》かがブランコをこいでいたら、それは幽霊《ゆうれい》などではなく、「今ここ」ではない時間世界にあるブランコをこいでいる人だ。つまり、ブランコを通じて違《ちが》う時間とつながった、ということなのである。

半透明の人を見かけるのは、久しぶりだ。そう思いながら瑞葉が、ブランコを揺《ゆ》らしている赤いチェックスカートの少女を見ていると、視線《しせん》に気づいたのか、少女も顔を上げて手を振《ふ》ってきた。

やはり、子どもはかわいい。つられて瑞葉が手を振り返すと、少女が、今度は手招きを始める。少し考えてから、瑞葉はブランコのほうに足を向けた。どうせ行くあてもないのだ。子どもと遊んでいるほうが、気がまぎれるかもしれない。

「こんにちは」

瑞葉があいさつすると、6、7歳くらいに見えるポニーテールの少女が、やや舌《した》っ足《た》らずに「こんちは」と返す。

「おとなり、いい?」

少女がコクリとうなずいたのを見て、瑞葉は、隣《となり》の空いているブランコに腰《こし》かけた。ブランコに座るのなんて、何年ぶりだろう。社会人になったとたん、何も考えずにブランコに座るなんて余裕《よゆう》は、まったくなくなってしまった。

足は地面につけたまま、瑞葉は腰かけたブランコを軽く揺らした。ゆらゆらと浮遊《ふゆう》しているような感覚が、ひどくなつかしい。子どものころは、よくこうやってブランコに乗ったな、と瑞葉が記憶《きおく》を掘《ほ》り起《お》こそうとしたときである。

「おねえさん、元気ないね」

隣から顔をのぞきこまれて、どきりとした。子どもらしい丸い目は、愛らしいなと思うと同時に、見覚えがあるような気がする。どこかで会ったかなと考えて、そんなはずないと瑞葉は思い直した。だって、半透明の体のこの子は、「今ここ」ではない、どこか別の時間世界にいる子だ。会ったことが、あるはずがない。

にごりのない瞳《ひとみ》に、「どうしたの？」と尋《たず》ねられて、瑞葉は苦笑した。

「ちょっとね、大切な人とケンカしちゃったの」

「おともだち？」

「ううん。お母さんと」

家を飛び出してくる直前、母に投げつけるように言い放ってきた言葉の数々を思い出して、瑞葉の口の中に苦いものが広がった。お母さんにもひどいことを言われたからおあいこだ、と言《い》い訳《わけ》のように頭の中で繰《く》り返《かえ》しながら、ため息をつく。

「仲直りできた？」

「それが、まだなの」

ちょこんと小首《こくび》をかしげる少女に、瑞葉は首を横に振《ふ》った。子どもに聞かせられるのはどこまでだろうかと考えながら、言葉を選ぶ。

「ちょっとね、お母さんと、考え方が合わなかったの。それでつい、ひどいこと言っちゃった。そしたら、お母さんも言い返してきたから言い合いになって、家を飛び出してきちゃった」

「おうちに帰ったら、『ごめんなさい』できる？」

少女のたしなめるような口調《くちょう》に、どちらが大人か、わからなくなる。大丈夫《だいじょうぶ》だよ、と反射《はんしゃ》で答えそうになった瑞葉だったが、今回ばかりは仲直りできるかわからない。

「うーん、どうかなぁ……。おねえさんも、おねえさんのお母さんも、意地《いじ》っぱりだからなぁ」

せめて深刻《しんこく》な空気感は出さないようにと、瑞葉が笑いながら頬《ほお》をかくと、少女が小さな両手を胸《むね》の前に持ち上げた。それをきゅっと、祈《いの》るように組み合わせる。その姿《すがた》にも、瑞葉は強い既視感《きしかん》を覚えた。

やっぱり、この子、どこかで見たことがある。

「そういうときはね、『ごめんね』って、その人の手をにぎるんだよ。あたしも、おかあさんとケンカしたとき、よくそうするの」

その言葉に、瑞葉は、はっと目をみはった。

「それ、誰に教えてもらったの？」

「おかあさん。ケンカして、だけど、仲直りしたいときは、そうするのがいちばんだよって。おかあさんも、おかあさんのおかあさんと、こうしたんだよって」

瑞葉の胸の中で、何かが震《ふる》えた。瑞葉も子どものころ、母親に、同じことを教わったからだ。

――ケンカして、謝る言葉が出てこないときは、相手の手を握《にぎ》るといいのよ。そうしたら、気持ちは伝わるから。「ごめんね」っていう言葉も出てくるようになるから。きっと、瑞葉の気持ちも相手の気持ちもまぁるくなって、すぐに仲直りできるから。

それ以来、母とケンカして素直《すなお》に謝れないときは、母の手を握るようになった。そうすれば母は笑って許してくれたし、瑞葉からも「ごめんなさい」と言うことができた。

まさか、この子は……。

そのとき、「あっ！」と少女が声を上げて、瑞葉の胸《むな》もとを指さした。

「おねえさんのブローチ、あたしの髪《かみ》かざりとおんなじ！」

そう言った少女が「見て見て！」と、小さなポニーテールを見せてくる。そこに結《ゆ》われているのは、瑞葉が子どものころから好きなチューリップの髪飾《かみかざ》りだ。

そして今、それとまったく同じ色、同じデザインのものが、ブローチになって瑞葉の胸もとにとめられている。

これは、母が手直ししてくれたものだ。瑞葉が子どものころは髪飾りとして使っていたお気に入りのものだったのだが、使っているうちにゴムが切れてしまった。落ちこむ瑞葉の手からチューリップの飾り部分だけをそっと取り上げた母が、それをブローチに作り直してくれたのだ。

間違いない。やっぱり、この子は……。

確信する瑞葉の前で、少女が嬉《うれ》しそうに、チューリップの髪飾りに触《ふ》れる。

「これね、おかあさんがプレゼントしてくれたの。あたしも、おかあさんとケンカするよ。でも、大好き。おかあさんも、あたしのこと大好きなんだって。

あのね、前におかあさんが教えてくれたの。あたしがお腹《なか》にできたとき、おかあさん、まだおとうさんと結婚《けっこん》する前だったの。だから、おばあちゃんとか、おじいちゃんとか、たくさん心配して、いろんなことも言われて、大変だったんだって。それでも、おかあさんは、あたしがお腹にできて、すっごくすっごく、うれしかったから、いっぱいなやんだけど、ぜったい産むって決めたんだって。だから、おばあちゃんたちとも、いっぱいお話しして、それで、あたしは生まれることができたの」

少女が一生懸命《いっしょうけんめい》に話してくれる言葉を聞くうち、寒気《さむけ》にも近い感覚を覚えた瑞葉は、両手で口をおおった。

——ねぇ？　あなたの名前は？

そう尋ねてしまおうかと思って、瑞葉が少女に手を伸ばしかけたとき、少女がパッと自分のうしろを振《ふ》り返《かえ》った。

「おかあさんが、よんでる！　あたし、もう行かなきゃ」

そう言って、少女がふたたび瑞葉を見つめた。にっこりと笑う表情に、どうしても胸がつまってしまう。

「おねえさんも、大切な人といっぱいお話しすれば、きっと、つらいこともなくなるよ。こう、ぎゅってしてね」

そう言って、少女がふたたび、祈るように両手を組み合わせる。ありがとう、と口にするだけで、声が震えそうになった。

「じゃあね」という言葉と、とびきりの笑顔を最後に、少女がブランコを降《お》りる。その瞬間《しゅんかん》、幻《まぼろし》のように少女の姿は消えてしまった。もとの時間世界へ戻《もど》ったのだろう。乗り手をなくしたブランコだけが、小さく、前へうしろへと揺れている。

そのブランコを見つめながら、瑞葉はそっと片手《かたて》を持ち上げた。そのまま手の平を、チューリップのブローチをとめたカーディガンの上から、そっと、自分のお腹にあてる。

新しい命を授かったとわかったのは、１週間前。自分も恋人《こいびと》も、この春、社会人になったばかりで、とまどいは大きかった。それでも、瑞葉は産みたいと思った。

妊娠《にんしん》の影響《えいきょう》か体調が優《すぐ》れず、会社を休んだ今日、母親に「何かあったの？」と聞かれた。打ち明けるなら今だと思って、瑞葉が妊娠の報告をすると、母親は出産に猛反対《もうはんたい》した。

――やっと社会人になったばかりのあなたに、子どもなんて育てられるわけないじゃない。自分のことで精いっぱいでしょう。それに、結婚もまだなのに、先に赤ちゃんだなんて……。第一、子育てにはお金も時間もかかるのよ。彼だって若いんだから、今のあなたたちにはムリだわ。まずは生活を作りなさい。彼がちゃんと責任をもってくれる人なのかも、確かめないとだめよ。子どもは、そのあとにしなさい。

喜んでくれるはずだと思っていただけに、ショックだった。頭ごなしに決めつけるような母の言い方にも怒《いか》りが募《つの》り、結果的に言い合いになって飛び出して、今ここにいる。

でも、これではいけない。自分のお腹の中には、ひとつの命が宿っているのだ。その命に対して、瑞葉には責任がある。あの少女に会ってしまった今、その責任を瑞葉は捨《す》てられない。

「わたし、やっぱり生みたい……。生まなきゃ、いけない。だってもう、あの子に会っちゃったんだから」

もう一度お腹をなでて、瑞葉はブランコから立ち上がった。キィキィと揺れるブランコを背《せ》に、家へと帰る道を歩きだす。母親と、そして父親と、恋人ともう一度きちんと話し合おう。相手の手を握《にぎ》って、しっかりと目を見て。そうやって届《とど》かない言葉はきっとないよと、あの少女も教えてくれた。

そのあとで、このブローチを髪飾りに作り直して、待っていよう。未来の時間にいる、あの子のことを。


（作　橘つばさ）

そういうことではない

2、3日前、テレビで観たグルメ番組をきっかけに、私の頭の中で、ある言葉がぐるぐると駆《か》けめぐっていた。

それは、「蕎麦屋《そばや》が作るカレー」である。

純和風《じゅんわふう》の蕎麦屋が、あえて作る本格カレー。

職人さんが、自身のハタケである「蕎麦」にあき足らず、蕎麦屋でこっそり提供《ていきょう》するカレー。

本職ではないから、ちょっと照《て》れくさそうに「こっそり」。

でも、そこには、蕎麦作りに裏打《うらう》ちされた職人技《しょくにんわざ》と遊び心も入っていて、採算も度外視《どがいし》。

それに、なんというか、ギャップが楽しい。

当然、和風カレーなんだろうけど、なんだかそのエキゾチックな感じが、妙《みょう》にそそられる気がする。

「知る人ぞ知る」のような、そんな「蕎麦屋の作るカレー」。

私は時間をかけ、ネットの口《くち》コミ情報を頼《たよ》りに店を検索《けんさく》した。

そして、ようやくとれた休日。ようやく探《さが》しあてた、一軒《けん》の蕎麦屋。


「ここか…」

ネット上では、「蕎麦屋なのに、本格的なカレーが食べられる」と評判《ひょうばん》のようだ。

私は藍色《あいいろ》の暖簾《のれん》を静かにくぐり、息を飲んで入店する。

「イラッシャマセー」

変なイントネーションの日本語に迎《むか》えられる。

嫌《いや》な予感がして、厨房《ちゅうぼう》を見る。そこには、頭に赤いターバンを巻《ま》いた、インド人らしき男性が、
慣れた手つきで蕎麦を打っていた。


（作　井口貴史）

名《めい》探《たん》偵《てい》の復活

2ヵ月の入院生活から、探偵《たんてい》はようやく解放された。2ヵ月前、夜道を歩いていたときに背《はい》後《ご》から襲《おそ》われたのである。

犯人がまだ逮捕《たいほ》されていないのは、数々の難事件を解決に導き、「名探偵」の呼《よ》び名《な》をほしいままにしている探偵自身が入院してしまったことで、犯人が誰《だれ》なのかを推理《すいり》する人間がいなくなってしまったからだと言われている。一部の週刊誌《しゅうかんし》などは、「過去《かこ》に探偵の推理によって逮捕《たいほ》された犯人の身内が逆恨《さかうら》みして凶行《きょうこう》に出たのではないか」とも書き立てた。

いつも探偵が扱《あつか》っていたのとは異《こと》なる、ある意味ちっぽけなこの傷害事件《しょうがいじけん》は、しかし、探偵の生活を大きく狂《くる》わせた。仕事に復帰すれば、また同じことが起こるかもしれない。報復される恐怖感《きょうふかん》から、探偵は仕事ができなくなってしまったのである。そして探偵は、事件の第一線から離《はな》れた。

しかし、探偵のたぐいまれなる推理力を、警察《けいさつ》はほうっておかなかった。

「お願いします。事件解決のために、あなたの頭脳《ずのう》をお借りできませんか？」

「凶悪犯を野放しにして、市民の生活がおびやかされてもいいんですか？」

「あなたの身の安全は、我々《われわれ》が必ず守ります」

「どうか力を貸してください！」

そんなふうに拝《おが》み倒《たお》されて、探偵は渋々《しぶしぶ》、現場に赴《おもむ》いた。

最初のうちこそ、あの夜の記憶《きおく》がよみがえることもあったが、それでも、頭と身体を動かして事件をひもといていくうちに、被害者《ひがいしゃ》に同情する気持ちと、犯人との頭脳戦《ずのうせん》に負けてなるものかという探偵の本能めいたものが、ふたたび湧《わ》き起《お》こってきた。それとともに、推理にも切れ味が戻《もど》ってきたのだ。

親族間の醜《みにく》い遺産《いさん》相続争いの果てに起こった殺人事件。

巧《たく》みなかくれみのを何重にも張りめぐらせていた、犯罪集団による大規模《だいきぼ》な詐欺《さぎ》事件。

大企業《だいきぎょう》の社長の子息をさらって身代金を要求してきた、緊迫《きんぱく》の誘拐《ゆうかい》事件。

警察に呼《よ》ばれて事件現場に足を運び、事件を一つ、また一つと解決するうちに、探偵は少しずつ推理の感覚と自信を取《と》り戻《もど》していった。

やはり、善良《ぜんりょう》な市民が苦しみや悲しみに涙《なみだ》しているのを、ほうっておくことはできない。卑《ひ》劣《れつ》で凶悪《きょうあく》な事件を解決し、被害者の心を少しでも救うことが自分の天命《てんめい》であることを、探偵は思い出した。


その日、探偵が呼ばれたのは、新たな殺人事件の現場だった。著名人《ちょめいじん》の集まる受賞記念パーティーで、主役である初老の大学教授が、天井《てんじょう》から落下したシャンデリアに押《お》しつぶされて死《し》亡《ぼう》したのである。

最初は事故かと思われたが、教授の受賞をねたむ同僚《どうりょう》や、教授にパワハラを受けていたと思われる助手、さらには教授と不倫《ふりん》関係にあった女性の存在《そんざい》など、パーティーに集まった者の多くに、教授を殺害する動機があることがわかったため、殺人の可能性も視野《しや》に入ってきたのである。

そして、現場に到着した早々、探偵は、落下したシャンデリアの根本に奇妙《きみょう》な焦《こ》げ跡《あと》が残っているのを発見した。それを取っかかりに独自の捜査《そうさ》を続けた探偵は、やがて、一人の犯人にたどり着いた。

「犯人は、あなたですね」

そう言って探偵が指さしたのは、教授からパワハラを受けていた助手の男だった。

「ちょっと待ってください！　どうして、わたしが!?」

「今回、教授が受賞した論文《ろんぶん》……あれを書いたのは、じつは、あなたなんじゃないですか？　それなのに教授は、自分の名前で論文を発表した。あなたが殺意を抱《いだ》いたことは明白だ」

「そっ、そうだったとしても、教授の上だけを狙《ねら》ってシャンデリアを落とすなんて、どうすればそんなことができるんですか!?　パーティー会場には、ほかにも招待客が２００人以上いたんですよ？　そんな混雑のなか、教授一人だけを殺害するなんて……」

「簡単《かんたん》なことです。催眠術《さいみんじゅつ》ですよ」

探偵が堂々と口にした推理に、まわりを取り囲んでいた刑事《けいじ》たちが、同時に「おぉ」と驚《おどろ》きの声を上げた。その反応に、探偵は得意げに鼻から息《いき》を吐《は》いて、胸《むね》をそらす。

「被害者の専門《せんもん》分野は、みなさん、ご存《ぞん》じでしょう？　そう、心理学です。つまり、その助手であったあなたも、人の心理を操《あやつ》る術《すべ》は熟知《じゅくち》していたはずだ」

「催眠術が、殺害のトリックと、どう関係あるんだね？」

口をはさんだのは、探偵をこの場所に呼《よ》び寄《よ》せた警部《けいぶ》だった。

「催眠術で教授をシャンデリアの真下に誘導《ゆうどう》したあと、遠隔操作《えんかくそうさ》か何かで落下させたのでしょう。落ちたシャンデリアの根本に、奇妙《きみょう》な焦《こ》げ跡《あと》が残っていたのが、その証拠《しょうこ》です。ちなみに、このトリックでは、教授以外の人間をシャンデリアの下から離《はな》れさせる必要がある。そうしないと、無関係な人間を巻《ま》きこんでしまいますからね。だからあなたは、教授の近くにいた人間にも催眠術をかけ、被害の及《およ》ばない場所へ誘導したのです。そんなことができるのは、心理学を学んでいるあなただけだ！

仮《かり》に、まわりの人間を躊躇《ちゅうちょ》なく巻《ま》きこむ方法をあなたが選んでいれば、わたしは、催眠術という方法には気づくことができなかったかもしれない。そうなると、容疑者《ようぎしゃ》をしぼることが困《こん》難《なん》になり、わたしは、あなただけに疑《うたが》いの目を向けることはなかったでしょう。非情になりきれなかったあなたの選択《せんたく》が、あなたを追いつめたのです！」

そう言って探偵が、容疑者である助手に鋭《するど》いまなざしを向ける。名指しされて青白い顔になっていた助手は、やがて、小刻《こきざ》みに震《ふる》え始《はじ》めたかと思うと、その場にひざから崩《くず》れ落《お》ちた。

「あ、あいつが悪いんだ！　『論文を自分の名義にさせてくれたら、きみの出世《しゅっせ》を約束する』だなんて言っておいて、俺《おれ》を道具みたいに使《つか》い捨《す》てにしやがって……。だから俺は、探偵さんの言うとおり、催眠術を使って、あいつを殺してやったんだ!!」

そう自供《じきょう》して、若い助手は大声で泣《な》き叫《さけ》んだ。こうして、「大学教授シャンデリア殺人事件」は、名探偵の活躍《かつやく》によって見事に解決されたのである。

「いやぁ、今回も名推理！　感服《かんぷく》しました！」

両手を叩《たた》きながら、警部が探偵のもとにやってきた。「いえいえ」と応じながらも、探偵は胸《むね》を張《は》る。今の探偵は、少し前までは衰弱《すいじゃく》しきっていたことなど思い出せないほど、自信に満ちあふれていた。

「また難解《なんかい》な事件があったら、呼んでください。このわたしが、たちどころに解決してみせましょう！」

「名探偵、完全復活ですな！　いやぁ、心強い。もしものときは、また頼《たの》みます！」

もちろん、とゆっくりうなずいて、探偵は現場をあとにした。ゆっくりと立ち去る背中《せなか》には、かつての誇《ほこ》りが戻《もど》っていた。

探偵の背中が見えなくなるまで見送ってから、警部はまぶたを半分下ろして、ふぅ……とため息をついた。そんな警部に、若い刑事《けいじ》が声をかける。

「こ、こんな感じで、よかったんでしょうか、警部……」

「あぁ。きみたちは、よくやってくれた。犯人役の彼も、ほめてやらんとな。あんな突拍子《とっぴょうし》もない推理に、よくアドリブで対応してくれたよ。まさか『催眠術だ！』なんてな。笑いをこらえるのに必死だったよ。まぁ、だいぶ回復はしてきているんだろうが……」

そう言って警部が額《ひたい》を押《お》さえながら、疲《つか》れたように笑う。しかし、若い刑事は、不安げな表情を浮《う》かべるばかりだ。

「ですが、本当に大丈夫《だいじょうぶ》なんですか？　名探偵に復帰してもらうためとはいえ、いつまでもこんな小芝居《こしばい》を続けていたら、そのうち気づかれてしまうんじゃ……。それに、著名《ちょめい》な学者が殺害されたら、ふつうはニュースで大きく取り上げられます。明日、テレビや新聞を見た探偵さんが、今回の殺人事件の報道が何一つされていないことに気づいたら……」

「いや、その心配はない」

どこかおびえた表情を浮かべる若い刑事に、警部はキッパリと答えた。ニッとつり上がった唇《くちびる》の端《はし》に宿ったのは、皮肉《ひにく》そうな色である。

「探偵というヤツらは、事件を解決することにしか興味がないんだ。推理することを楽しみ、それを大勢の目の前で披露《ひろう》して犯人を追いつめる行為《こうい》に酔《よ》いしれ、犯人が連行される瞬間《しゅんかん》に有《ゆう》終《しゅう》の美《び》を飾《かざ》った気になっているんだよ。だから、逮捕《たいほ》された犯人が、どれくらいの懲役《ちょうえき》判決を受けたかとか、そもそも裁判《さいばん》で有罪になったのかさえ、関心がないんだ。推理が終わった時点で、興味も終了《しゅうりょう》。極端《きょくたん》な言い方をすれば、そのあとで事件がひっくり返ろうが、真犯人が現れようが、どうでもいいんだろうな。実際、冤罪《えんざい》も多いし、そもそも証拠《しょうこ》が容疑者《ようぎしゃ》の自白しかなかったせいで裁判に持ちこめなくて、不起訴《ふきそ》になることも多いんだ。

とはいえ、彼らの推理が事件解決に一役買うことも、なくはないからな。リハビリのためのこの小芝居も、早く終わりにしたいもんだ」


（作　桃戸ハル、橘つばさ）

途《と》上《じょう》

サラリーマンの湯川《ゆかわ》が、安藤《あんどう》と名乗る私立探偵《しりつたんてい》に声をかけられたのは、もう年《とし》の瀬《せ》が迫《せま》った12月のある日、会社帰りのことだった。

安藤は言った。

「ある人から、あなたの身元調査を依頼されたのです」

ふつう身元調査というものは、本人に悟《さと》られないように、こっそりやるものなのではないだろうか。それを自分が探偵であることを明かした上で、身元を調べさせてほしいという。

ずいぶんと変わったやり方ですね、と湯川は笑った。

「ええ、まぁ。でも、湯川さんのように、立派な会社にお勤めの優秀な方の場合には、むしろご本人に直接うかがってしまったほうが、手っ取り早いケースも多いのですよ」

悪い気はしなかった。

「もちろんお時間は取らせません。お家にうかがうまでもありませんし、ちょうどこの先に私の事務所もありますから、その道すがらでお話を聞かせてください」

「分かりました。で、私の何をお知りになりたいのです？」

「逆に、お心あたりは？」

「さて、なんだろう。探偵といえば、結婚相手の素行《そこう》を調べたりするそうですが、私にうしろめたいことなど、何もないですよ」

「存じております。あなたと奥様《おくさま》のことも。ただし、あなた方は、まだ籍《せき》は入れておられない。つまり内縁《ないえん》関係ですよね」

この男、よく調べている。湯川はわずかに警戒《けいかい》を強めつつ、あえて笑った。

「あなたはなかなか優秀《ゆうしゅう》な探偵のようですね。たしかに私と妻《つま》は、まだ正式には結婚していません。依頼人は、妻の実家の誰《だれ》かですか？」

「いやはや、あなたは鋭《するど》いですな。しかし私には守秘義務《しゅひぎむ》があって、そこをはっきりと口に出して申し上げるわけにはいかないのです。なにとぞ、ご理解ください」

この言い方では、依頼人が妻の実家の誰かだと明かしているようなものだ。正直な男だと湯川は思った。おそらく、形だけの調査をして、早く仕事を終わらせたいのだろう。

「まぁ、いずれにせよ湯川さん、あなたが奥様のご実家に結婚を認めてもらうためには、奥様のご実家から一日も早く信頼を得ることが肝心《かんじん》です」

「でしょうな」

「奥様のご実家は、あなたの人となりを知りたがっている。それは、なぜかと言えば……」

「私が以前、結婚していたからでしょう？」

「ええ。まさに依頼人は、以前のあなたの結婚生活のことを気にしておられるのです」

「いいでしょう、お話しします。前の妻との結婚生活には何一つ問題はなかった。ただ、とても不運ではあった。もうご存じとは思いますが、前の妻とは2年前、死別しました」

「そのようですね。たしか死因《しいん》は……」

「心不全《しんふぜん》です」

「前の奥様、つまり陽子《ようこ》さんは、ウイルス性《せい》の腸炎《ちょうえん》にも何度もかかっておられますし、それにしょっちゅう風邪《かぜ》を引いて、気管支《きかんし》も痛《いた》めていますね。お身体《からだ》の弱い方だったんですか？」

「そうです。だから3年前、F《エフ》国に静養《せいよう》にやらせたのです」

「東南アジアのリゾート地ですから、さぞかし環境《かんきょう》もよかったことでしょう。連絡《れんらく》はお取りになっていましたか?」

「ええ、寂《さび》しくないようにと、インターネットを通じたテレビ電話で、しょっちゅう連絡を取っていました。メールなども、1日に何通も送っていましたよ。とるに足《た》らないようなことまで連絡し合っていました」

「お住まいには、あなたの選んだメイドをお雇《やと》いになったとか?」

「はい、食事の用意なども、そのメイドにやらせていました」

「ちなみにこの静養先で、陽子さんはお仕事をされていたようですね? 静養中にもかかわらず?」

「静養中といっても、何かやりがいを見つけていないと、暇《ひま》をもてあましてしまう、と思ったんです。だから、私が就職先を紹介しました」

「通勤はバスだった。これは、あなたが勧《すす》めたからなのだそうですね。治安は悪くなかったんですか?」

「あの国は、日本よりも治安がいいくらいです。それに、電車だと、人の乗《の》り降《お》りが多いので、また妻が病気をうつされるかと心配でしたので」

「交通事故に遭《あ》われたのは、その通勤中だったとか」

「そうでした」

「その時、陽子さんはバスの一番前の席に座《すわ》っておられた」

「他の人の息がかかりにくいと思ったから、そうアドバイスした覚えがあります」

「しかし、一番前に座っていたせいで、事故の時、奥様は、乗客の中で一人だけ、額《ひたい》に怪我《けが》をしていますね。割《わ》れたフロントガラスが刺《さ》さったとか」

「ええ。不運なことです。偶然《ぐうぜん》とはいえ、あんなアドバイスをしなければよかったと、今でも後悔《こうかい》しています」

「偶然……そうですか。ただ、奥様が滞在していた都市にバスが通ったのは、ちょうど2年前のことだそうですね。あの頃、あの地域ではバスの事故が多発していたようですが？」

「そうなんですか。知りませんでした……」

「それに、開通したばかりのバスは、とても人気があって、電車よりもバスのほうが混《こ》んでいたそうですね」

「それも知りませんでしたね」

「陽子さんと毎日、とるに足らないようなことまで連絡し合っていたんですよね？」

「向こうのバス事情なんか、私は知りませんから」

「陽子さんが渡航《とこう》した当時、F国では例の伝染病《でんせんびょう》が流行しはじめていました。それにかかると、咳《せき》が止まらなくなるという」

「それも、陽子が渡航してから分かったのです」

「ではなぜ、すぐに帰国させず、わざわざバスで通勤しなければならない仕事をさせたのですか？　それじゃあまるで、伝染病にかかれと言っているようなものだ」

「陽子は、F国では伝染病になんか、かかっていないですよ」

「では、話を変えましょう。陽子さんは、F国に滞在中、一酸化炭素中毒《いっさんかたんそちゅうどく》になりかかったこともあったとか。夜中に石油ストーブをつけっぱなしにして寝《ね》てしまったことが原因と聞いています」

「ええ」

「なぜ温暖《おんだん》なF国で、石油ストーブなんかをつけていたのでしょう？」

「さぁ、私が知りたいくらいです。私に心配をかけたくなかったからか、陽子は詳《くわ》しい話をしてくれませんでした」

「その夜、陽子さんは、眠《ねむ》りにつく前にメイドと2人でお酒を飲まれたそうですよ。しかも酒を飲もうと言ったのは、メイドだったとか。メイドが主《あるじ》を酒に誘《さそ》うなんてこと、ありますかね？」

「私には、わかりません。あのメイドは、すぐにクビにしましたから。彼女がその後、どうしているか、私は知りませんし」

「おかしいですね。下手《へた》をすれば奥様を殺《ころ》していたかもしれない人間を、事情《じじょう》も聞かずにクビを切って、さようならですか？」

「なりゆきです。それに妻も、メイドのせいだとは思っていなかった」

「湯川さん、たしかに一つひとつのできごとは、偶然《ぐうぜん》のようにも見える。しかし、その偶然がこんなに重なることまで、ただの偶然と片《かた》づけられるものでしょうか。陽子さんの身に不運なことが多すぎる気がします」

「陽子は、不運を呼び寄せるタイプだったのかもしれない。しかし、偶然は、どこまで行っても偶然です。それに、陽子の死因は一酸化炭素中毒じゃない。最後はウイルスにやられて肺炎《はいえん》にかかり、心不全で亡くなったのです」

「亡くなる2週間前、陽子さんは、東京に住むあなたの甥《おい》を見舞《みま》っていますね」

「ええ」

「そのためにあなたは、陽子さんを帰国させました。陽子さんがウイルスに感染したのは、まさにそのタイミングです。しかも感染したウイルスは甥がかかっていたウイルスと同じで……」

「いい加減《かげん》にしてくれ！　こんなことは、今の妻に悪いから言いたくはないがね、私は陽子を愛していたのですよ」

「愛していた？　本当に？」

「もちろんです」

「あなたが陽子さんを静養という理由でF国に送り出す1年前、あなたはすでに今の奥様と出会ってらっしゃいますよね？　本当に陽子さんを愛していたのですか？」

「……」

「さあ、着きました。こちらが私の事務所です」

気がつくと、湯川は人通りのない場所にぽつんと建つ一軒家《いっけんや》の前にいた。安藤が言った。

「お連れしましたよ、鈴木さん」

「鈴木？」

安藤は事務所のドアをガチャリと開《あ》けた。中には数人の男たちが座《すわ》っていた。そこには、ヘッドホンをした初老《しょろう》の男もいた。その顔はよく知っている顔だった。

「久しぶりだね、湯川くん。今の会話は、すべて聞かせてもらったよ」

ヘッドホンを外して、男は続けた。

「キミの言う通り、依頼人は妻の家族だ。ただし妻は妻でも、前妻《ぜんさい》の家族だがね」

私は顔を伏《ふ》せたが、男は話を続けた。

「キミはたしかに、自分の手を汚《よご》すようなことはしなかった。しかし、陽子の命を奪《うば》いかねない偶然を何度も何度も作りだし、そこに陽子の命をさらし続けた。それは、殺人ではないのかね？　陽子の身に起こったいちばんの不運は、キミという男と結婚してしまったことだよ。キミは、ただ、自分の手を汚すのが怖かっただけなんじゃないのかね？　別れれば済《す》むだけのことなのに、『愛する妻を失った男』という肩書きでもほしかったのか？」

そう言い終えると、鈴木陽子の父親は合図《あいず》を送り、男たちが湯川を取《と》り囲《かこ》んだ。
そして湯川は、事務所に引きずり込まれた。
その後、湯川の姿を見たものは誰《だれ》もいない。

（原作　谷崎潤一郎　翻案　蔵間サキ）

神様の特権《とっけん》

数年に一度、神様は、選ばれた人間に、「何でも願いを叶《かな》える」というプレゼントをする。

このことを天界では「神様の気まぐれ」と呼《よ》んでいる。

「神様の気まぐれ」では、まず、全世界の人間の中から無作為《むさくい》に2人が選ばれる。その選ばれた2人を神殿《しんでん》に呼び、神自らが面接をして、最終的にどちらか1人に願いを叶える権利《けんり》が与《あた》えられるのだ。

今回も2人が選ばれた。ハロルドという中年男と、ジョーという若者だった。神様は、「もしも願いを叶えられる権利を得たら、何を願うのか」と、ハロルドに問うた。

「神様、私は世界の平和を願っています。もしも私に力があり、人の上に立つことができれば、神様の望むような素晴《すば》らしい世界にしてみせます」

ハロルドは、「人々のために平和な世の中にしたい。それができるのは自分しかいない」とアピールした。

その様子を見ていた天使は思った。このハロルドという男は、「人々のため」と言っておきながら、その実《じつ》、力を得た後、世界を自分のものにしようとしているのだろう。独裁者《どくさいしゃ》になるのが目的なのだ。それはもう見え見えだった。しかし神様は、ハロルドの話に、「なるほど」と感心しているかのようにうなずいている。

なぜだろう。神様に彼の本性《ほんしょう》が見えないわけがないのに。

神様の様子にハロルドは気をよくしたのか、さらに熱弁を振《ふ》るった。その表情からは、ますます腹黒《はらぐろ》さがにじみ出ていた。

次はジョーの番だった。神様はジョーにこれまでの生《お》い立《た》ちを尋《たず》ねた。

「僕の人生はひと言《こと》で言うと、裏切《うらぎ》られてばかりの人生でした。2年前には職場の同僚《どうりょう》の保証《ほしょう》人《にん》になったのですが、逃《に》げられてしまいました。このようなことが一度や二度ではありません。人を信じて行ったことも、たいていは裏切られてしまいます」

天使は、その後も続いたジョーの不幸話に耳をふさぎたくなる思いだった。人の善意《ぜんい》につけこんで悪さをする連中は許せない。しかし、それは人間界では珍《めずら》しいことではない。神様を見ると、表情を変えずにジョーの話に耳を傾《かたむ》けている。

「お前たちのどちらに願いを叶《かな》える権利を与えるか、決めたぞ」

神様が言うと、ハロルドは祈《いの》るようなポーズを取った。一方、ジョーの顔はピクリとも動かない。

「ハロルド、お前に力を与えよう！」

ハロルドは目を輝《かがや》かせた。そして神様に何度も頭を下げて言った。

「神様、ありがとうございます。素晴《すば》らしい世界にしてみせます」

一方、選ばれなかったジョーは落《お》ち込《こ》む様子もなく無表情だった。

2人が帰ってからすぐに、天使はいてもたってもいられなくなり、神様に聞いた。

「なぜ、あの男に決めたのですか？　あの男はきれいごとを並《なら》べてはいましたが、与えられた力をよくないことに使うのは目に見えています。それに引きかえ、もう1人の男は、今まで誠《せい》実《じつ》に人生を歩んできました。それなのに裏切られ続けてきました。あのような者にこそチャンスを与えるのが、我々の仕事なのではないですか!?」

そう言ってから、天使は自分が言い過ぎたのではと後《こう》悔《かい》した。しかし、神様は穏《おだ》やかな表情でさとすように言った。

「そんなことは、言われなくても分かっておる」

「では、なぜ……」

「仮《かり》にあのハロルドという男が、与えられた力を悪用し、独裁者になったとて、そんなことは些細《ささい》なことだ。人間の歴史から考えれば、これまでにもそんな人間は、いくらでもいた。しかし、もう一人の男。お前には、あの男の恐《おそ》ろしさが分かっておらぬ」

天使には、たしかに神様のいう意味が分からなかった。

「ジョーという男は、人に裏切られた過去から、人間というものを憎《にく》んでいる。いや、絶望していると言ったほうがよいかもしれん。そして、同じくらい、自分自身にも絶望している。もしも、そんな人間に願いを叶えさせることになれば、どうなるか……」

神様は天使の目を見て言った。

「自分もろとも、すべての人類を滅亡《めつぼう》させてしまうかもしれない」

ぞっとした。そこまでは、天使にも考えが及《およ》ばなかった。やはり、神様の考えることに間違《まちが》いはない。天使は、自分の至《いた》らなさを反省した。

しかし、天使は、ふと疑問《ぎもん》に思った。神様は、これまで何度も人類を滅亡寸前《すんぜん》にまで追《お》い込《こ》んできたのではなかっただろうか。あるときは、箱舟《はこぶね》に乗ったひと家族以外を洪水《こうずい》に飲み込ませたこともあったはずだ。今回はどういうわけなのだろうか。天使は考えた。

もしかしたら……。神様は、自分以外の者の手によって人類が滅亡することが、許せないのかもしれない。人類を手の平に乗せて、彼らの運命を決めるのは、やはり自分だけの特権《とっけん》だと思っているのではないだろうか。

いや、神様に限ってそんなことはない。天使は、自分の疑念《ぎねん》を打ち消すように首を振《ふ》り、青い空へと飛び立っていった。


（作　塚田浩司）

魔《ま》術《じゅつ》

マティラム・ミスラ氏を知っていますか。

そう、あのインド人の魔術《まじゅつ》使いです。

私が彼と会ったのは、およそ2ヵ月前のことです。きっかけは友人の紹介でした。出会ってから政治や経済など、魔術に関係のない話をしているうちに、親しくなりました。

ただ、私は元来《がんらい》、超能力《ちょうのうりょく》などの不思議《ふしぎ》な現象《げんしょう》に夢中《むちゅう》になる性質《たち》でした。実は、かつてカードなどのギャンブルにのめりこんで身を滅《ほろ》ぼしかけたこともあったのですが、それはもしかしたら、自分にだけは何か奇跡《きせき》が起きると信《しん》じていたからかもしれません。

どうしても、ミスラ氏の魔術が見たい。その気持ちを抑《おさ》えきれなくなって、ついに1ヵ月ほど前、私は彼の家を直接《ちょくせつ》訪《たず》ねました。それは、秋の長雨《ながあめ》の降《ふ》る晩《ばん》でした――。

彼の家の住所は知っていました。タクシーで向《む》かうと、そこは田舎《いなか》の山の中。ミスラ氏の家に着《つ》くまで坂を上《のぼ》ったり下《くだ》ったり同じ場所をグルグルめぐりました。ようやくたどり着いたその場所にあったのは、竹藪《たけやぶ》に囲まれた古めかしい洋館《ようかん》でした。

「よく訪《たず》ねてくれましたね」

そう言って彼は、私を居間《いま》に通しました。見回すと、そこは、アンティーク調と言うにはあまりに薄汚《うすよご》れた部屋でした。壁《かべ》は染《し》みだらけ。テーブルの上には、いつの時代のものなのか、石油ランプが一つ。その下の赤い花柄《はながら》のテーブルクロスもボロボロです。

でも、それが逆《ぎゃく》に、「魔術」という、どこか怪《あや》しげなものの雰囲気《ふんいき》と、とてもよくマッチしているようにも思えたのです。そんなことを考えているうち、ミスラ氏が奥《おく》の部屋から、小さな木箱《きばこ》を持って戻《もど》ってきました。それは葉巻《はまき》の入った箱でした。

「どうです、一本」

ちょうど禁煙中《きんえんちゅう》ではありましたが、ミスラ氏の気分を損《そこ》ねるのも都合《つごう》が悪い。受け取って、ひとふかししました。その瞬間《しゅんかん》、外の雨音《あまおと》が「ざああ」と強まりました。季節外《きせつはず》れの台風が近づいていました。今日中に帰るなら、早く本題に入ったほうがよさそうです。

「おいしいですね」と葉巻の感想を述《の》べてから、私はおもむろに切り出しました。

「あなたは、魔術を使われるそうですね？」

「ええ、まあ」

「聞けば、精霊《せいれい》を使ってそれを行うとか」

「いえいえ、精霊を使うなんて、500年前に廃《すた》れた神話です。魔術というのは、言ってみれば催眠術《さいみんじゅつ》なのですよ。その気になれば、あなたにだって使えます」

「私にも？」

「ええ。たとえば、私の手をよく見ていてください」

私はミスラ氏の手を見つめました。「ざああ」という雨音が耳から遠ざかりました。それほどに、集中していました。手品であれば、種を見破《みやぶ》ってやろうと思っていたのです。

ミスラ氏が私の前に右手を出し、空中に三角形を描《えが》くようにしてからテーブルの上へかざしました。次の瞬間《しゅんかん》、私は思わず「おおっ」と声を上げてしまいました。

なんとミスラ氏が、テーブルクロスの柄《がら》である赤い花をひょいとつまみ上げたのです。テーブルクロスの柄のほうは、逆にちょうど赤い花の一輪分《いちりんぶん》が空白になっています。

驚《おどろ》いている私の鼻先《はなさき》に、ミスラ氏が手にした花をそっと近づけました。なんともいえない良い香《かお》りがしました。その花を、ミスラ氏がテーブルに落としました。その一瞬で、花はテーブルクロスの柄の一つに戻《もど》っていました。

「すごい……」

感心する私に、ミスラ氏はさらに魔術を見せ続けました。彼が合図《あいず》を送ると、目の前の石油ランプが、触《ふ》れてもいないのに、まるでコマのようにくるくると回転しました。ランプの回転が止まると、今度は書棚《しょだな》に合図を送りました。そのとたん、書棚の本が蝶《ちょう》のようにヒラヒラと部屋の中を舞《ま》い、ひとしきり舞ってから書棚に戻《もど》りました。しかし、そのうちの一冊だけは書棚に戻らず、ゆっくりと私の膝《ひざ》に舞《ま》い降《お》りました。

「それ、お返しします」

とミスラ氏が微笑《ほほえ》みました。手に取るとそれは、以前私が彼に貸《か》した小説でした。私はしばらくの間、呆然《ぼうぜん》としていました。

これが、手品であろうはずがない。我《われ》に返って、私は彼に言いました。

「感動しました。本当にすばらしい。ところでミスラさん、あなたは先ほど、その気になれば、私でも魔術を使えるとおっしゃいましたね。本当ですか？」

「もちろんです。誰《だれ》にだって、たやすく使えます」

「お願いです、私にも、魔術を教えてください」

「それは構《かま》いません。ただし……」

そこで言葉《ことば》を区切って、ミスラ氏はあらたまった口調《くちょう》でこう言いました。

「欲《よく》のある人間に、魔術は使えません。魔術を習おうと思ったら、欲を捨《す》てなければならないのです。あなたは、欲を捨てると約束できますか？」

はい、と私は答えました。ミスラ氏は私を、疑《うたが》わしいという目つきで見つめていましたが、やがて大きくうなずいて言いました。

「よろしい、教えてさしあげましょう。ただし、それには1時間やそこらでは無理です。ですから今夜は、私の家に泊《とま》っていってください」

「ありがとう」

私は胸を躍《おど》らせながら、葉巻の灰《はい》をはたくのも忘《わす》れて、石油ランプの光を浴《あ》びたミスラ氏の親切そうな顔を見つめました。

それから1ヵ月ほどが過《す》ぎたある夜、私は友人たちに呼び出されました。私が魔術を身につけたと聞いたらしく、「ぜひ見せてみろ」と言うのです。

指定された場所に行ってみますと、そこは都心のレストラン。肉を炭火《すみび》で焼《や》くという趣向《しゅこう》の店でした。

再会《さいかい》を祝《しゅく》す乾杯《かんぱい》もそこそこに、友人の一人が、にやにやしながら言いました。

「さぁ、見せてみろよ。お前さんの魔術とやらを」

私の魔術をはなから疑って、馬鹿《ばか》にしたような口ぶりでした。が、私は怒りませんでした。ミスラ氏との約束を覚《おぼ》えていたからです。怒るということは、逆に言えば「私の魔術を信じてほしいと欲《ほっ》すること。その欲を、私はすでに捨《す》てていました。

店員が木炭《もくたん》を持ってきて、コンロの中に入れました。

「失礼します」

と断《ことわ》ってから、店員は木炭に火をつけ、去っていきました。ちょうどよい。

「よく見ていてくれたまえ」

友人たちの注目が十分に集まったところで、私は火がついて真《ま》っ赤《か》になっている木炭の何本かを、コンロから素手《すで》で取り上げました。友人たちの目の色が変わりました。

「おい、お前、無理してやっているんだろ、やけどするぞ」

「大丈夫《だいじょうぶ》だ。それより、目をそらすなよ」

そう言って私は木炭を床《ゆか》に落としました。バラバラバラと落ちて跳《は》ね上《あ》がった瞬間、木炭は金の延《の》べ棒《ぼう》に早変わりしました。

「さあ、手に取ってみたまえ。大丈夫、もう十分に冷たいから」

恐《おそ》る恐る金の延べ棒を手に取った友人たちは、口々に歓声《かんせい》をあげました。

「これはすごい！」

「時価《じか》にしたらいくらだ、1千万円か、2千万円か」

「ちょっと待て、これ本物か？」

私は言いました。

「調べてもらえば、それがまじりっけなしの純金だってわかるだろうさ」

私の言葉を受けるように、友人の一人が言いました。

「僕は以前、宝石店に勤《つと》めていた。だからわかる。これは……本物だ」

友人たちは顔を見合わせてから、私に向き直りました。

「お前、すごいじゃないか！」

「その魔術があれば日本一、いや世界一の金持ちになれる！」

「でかい家を買って、いいクルマに乗《の》って、いい女と結婚《けっこん》して、それからどうする？」

「おい、俺《おれ》たちにも、分け前をくれるんだろうな？」

私は友人たちをなだめました。

「俺は、これで儲《もう》けるつもりはない」

「何？　なぜだ！」

「魔術というのは、いったん欲を出したら二度と使えなくなるんだよ。この金の延《の》べ棒《ぼう》も、あとで、元《もと》に戻《もど》そうと思う」

「そんなバカな！」

友人たちは口々に反対しました。もったいない。儲《もう》け方《かた》はいくらでもある。どこどこに投資《とうし》しろ。一緒《いっしょ》に世界を牛耳《ぎゅうじ》ろう……などなどと。

それでも、「欲望を捨てる」というのは、ミスラ氏との絶対の約束です。私の心は揺《ゆ》らぎませんでした。すると、私を呼び出した友人が、根負《こんま》けしたように言いました。

「わかった。ただし、一つだけ頼みがある。今から俺とカードで勝負をしよう。それで勝ったほうが、金の延《の》べ棒《ぼう》を自分のものにする。どうだ？」

「賭《か》けをしようというのかい？」

私は断りました。でも、友人はまた言いました。

「俺に延べ棒を取られるのが惜《お》しいわけだな。でも、惜しいという気持ちも、一種の欲望じゃないのか。そうなってくると、欲を捨てたというお前の話だって、ずいぶんとあやしいことになる」

「惜しくはない。延べ棒が惜しければ、木炭に戻すわけないじゃないか」

「木炭に戻すのと俺にくれるのと、どこに違いがあるっていうんだ。しかも俺は、ただで延べ棒をくれと言ってるわけじゃない。賭けで俺が勝ったら、と言ってるんだぞ」

「しかし」

「いや、これは君を脅《おど》しているわけじゃない、むしろ、頼《たの》んでいるんだ。君と違って、俺は欲深い人間だ。人助けだと思って、俺と勝負してくれよ」

しかたがない。私は賭けにつき合うことにしました。

無欲の勝利というのでしょうか、その晩、私は友人に勝ち続けました。魔術などは使っていません。使うまでもなく……よいカードを引き続け、簡単《かんたん》に勝ってしまうのです。負け続けた友人は、しかしあきらめませんでした。

私の前にカードを突《つ》き出《だ》して、怒ったようにこう言いました。

「さあ、引け！　俺は、財産のすべてを賭ける。家も、貯金も、クルマも、全部だ。そのかわり、もしも俺が勝ったら、あの金の延べ棒を俺によこせ！」

大勝負です。私が先にカードを引き、彼もカードを引きました。先に彼がテーブルの上にカードをひっくり返して言いました。

「ストレートフラッシュだ」

私は自分のカードを差《さ》し出《だ》しました。

「ロイヤルストレートフラッシュ」

これで私の勝ち、そう思った瞬間、私のカードに印刷されていた王様が、まるで魂《たましい》が入ったようにベロリとはがれて体を起こし、私を見つめて言いました。

「残念です」

ざああ、という雨音が耳に戻《もど》りました。

気がつけばそこは、元のミスラ氏の家。

王様だと見えていたのは、ミスラ氏でした。

私の指に挟《はさ》まれた葉巻の灰《はい》も、まだ落ちていませんでした。ひと吹《ふ》かししてから、おそらく
まだ2、3分しかたっていません。さっきまで私が見ていた光景は、おそらくミスラ氏が作り出した幻影《げんえい》だったに違いありません。ミスラ氏は言いました。

「あなたに魔術は教えられない。お引き取りください」

私は強く抗議《こうぎ》しました。

「魔術を使ったのは、あの1回だけだ！　大勝負だったんだ！　あそこでエースを引けば、ロイヤルストレートフラッシュが完成したんだ！　あの場面で使わずに、いつ魔術を使うというんだ！」


（原作　芥川龍之介　　翻案　吉田順）

天国と地獄《じごく》

一人の男が自殺を図った。世《よ》をはかなんでの行動だった。

――今、生きているこの世の中に、自分の居場所《いばしょ》はない。自分がいなくなっても、誰《だれ》も気にもとめないだろう。

どんより曇《くも》った空の下で、そう思ったのだ。


気がつくと、男は広い空間に立っていた。男の前には、杖《つえ》を持った白髪《はくはつ》の老人が立っていた。

この老人は、神様なのだろう。男は、直感的にそう思い、神様に聞いた。

「ここはどこなのですか？　天国なのですか？　地獄《じごく》なのですか？」

神様は、静かな口調《くちょう》で言った。

「そのどちらでもない。お前は、生前、他人に悪いことをしたわけではない。しかし、自分の命を自分で奪《うば》うという大きな罪を犯した。お前をどちらに送ればよいのか迷《まよ》っている。まずは、お前に、天国の様子と地獄の様子をそれぞれ見せることにしよう。さあ、ついてくるがよい」

杖をついて歩き出した神様に、男はついていくことにした。


男が最初に連れて行かれたのは、神様が「地獄」と説明した場所だった。

地獄に着くと、男は予想外の光景に驚《おどろ》いた。目の前には、なんとも牧歌的《ぼっかてき》な風景が広がっていたのだ。穏《おだ》やかな陽射《ひざ》し、緑の木々と草原、美しい花々。男が想像していた、針山《はりやま》地獄や血《ち》の池《いけ》地獄があるようなおどろおどろしい場所とは大違《おおちが》いだった。

「ここは、天国ではないのですか？」

男はいぶかしく思った。だが、次の瞬間《しゅんかん》――。

「なるほど、たしかにここは地獄なのだ」

と、男は納得《なっとく》した。なぜなら、異様《いよう》な人々の群れを目撃《もくげき》したからだ。

彼らは針金《はりがね》のようにやせ細っていて、獣《けもの》のように目を血走らせながら、草原を徘徊《はいかい》していた。

誰もが粗野《そや》で凶暴《きょうぼう》なため、あちらこちらで醜《みにく》い争いが繰《く》り広《ひろ》げられていた。まさに地獄の光景そのものだった。

突然《とつぜん》、「ガラーン！　ガラーン！」と、鐘《かね》の音が大きく鳴《な》り響《ひび》いた。

それを聞いた亡者《もうじゃ》たちは、ピタリと争いをやめ、口からダラダラとヨダレを流しながら、一斉《いっせい》に天を見上げた。

「あの鐘の音は、なんですか？」

「あれは、食事の時間を告げる鐘なのだ」

天から無数の天使が舞《ま》い降《お》りてきた。そして、天使たちは、亡者たちの片方《かたほう》の手首に、スプーンをくくりつけた。それは、とても奇妙《きみょう》なスプーンで、柄《え》の長さが１メートルほどある、大きな耳かきのような形をしていた。

さらに、もう一方の手首には、やはり柄の長さが１メートルほどある、大きなフォークをくくりつけた。地獄には、この奇妙なスプーンとフォークで食事をしなければならない、という掟《おきて》があるようだ。

全員の支度《したく》がすむと、地獄のあちらこちらに大鍋《おおなべ》が並《なら》べられた。その鍋を囲むように、10脚《きゃく》ほどのイスが並べられた。亡者たちはそのイスにくくりつけられた。そうなると、両手は動かせるが、その場から、動くことはできなくなった。

天使が、大鍋にできたてのスープを注いだ。肉の塊《かたまり》もたくさん浮《う》かんでいる。なんとも美味《うま》そうな湯気《ゆげ》の香りが、飢《う》えた亡者たちの食欲《しょくよく》を一気にかき立てたようだ。

亡者たちは、目の前の大鍋に手を伸《の》ばして、スプーンの先にスープを注ぎ、フォークの先に肉を突《つ》き刺《さ》した。

だが、それらを口に入れようとしても、スプーンやフォークの柄が腕よりも長いので、食べ物を口まで運ぶことができない。

「目の前に食べ物があるというのに、どうしても食べられない」

「こんな拷問《ごうもん》を誰が考えたんだ！」

「神は、なんという罰《ばつ》を与えるのだ！」

すべての亡者たちが、涙《なみだ》とヨダレを流しながら、うめくような悲鳴を上げている。

いらだちが募《つの》り、獰猛《どうもう》になったある亡者が、腹《はら》いせに鍋の向かい側にいる亡者をスプーンやフォークで叩《たた》き始《はじ》めた。まるで、それが合図だったかのように、地獄中の亡者たちが、一斉に叩き合いを始めた。あっという間に、誰もが血だらけになった。

神様が、おもむろに口を開いた。

「食事の度《たび》に、毎回、同じことが無限に繰り返されるのだ」

「これが地獄なのですね。よくわかりました」

「では、今度は天国を見せてやろう」


天国に着くと、そこにも牧歌的な風景が広がっていた。穏やかな陽射し、緑の木々と草原、美しい花々。

「神様、先ほどの地獄と、まったく同じ光景に見えますが!?」

「いや、大違いだ。彼らの様子をよく見るのだ」

男は、草原を散策《さんさく》する天国の住人たちの様子を観察した。誰もが健康的な体型をしている。充分《じゅうぶん》に食事をとっているのだと、一目で分かった。みんな、穏やかで、その顔は幸せに輝《かがや》いていた。あちらこちらで、住人たちが楽しく語り合っている。時には、大きな笑い声もわき上がった。

そして、食事の時間を知らせる、あの鐘の音が大きく鳴《な》り響《ひび》いた。

それを聞いた天国の住民たちは、微笑《ほほえ》みながら、一斉《いっせい》に天を見上げた。

天から無数の天使が舞い降りてきた。天使たちは、同じように住人たちの両方の手首に、あの奇妙《きみょう》なスプーンとフォークをくくりつけた。

大鍋の周りに、10脚ほどのイスが並べられ、住人たちもまた、地獄と同じようにそのイスにくくりつけられた。すべてが地獄と同じことの繰り返しである。

だが、不思議なことに、誰もがそんな状況《じょうきょう》に不満を持たないのか、なんとも幸せそうな顔をしている。

男は、神様に質問した。

「天国も地獄も、条件はまったく同じですよね。それなのに、なぜ天国の住人はこんなに幸せそうな顔をしていて、地獄の住人たちはあんなに惨《みじ》めなのでしょう? いったいどうしてなのですか?」

「それはとても簡単《かんたん》なことだ。もう少し様子を見ていなさい」

神様は微笑みながら言った。

やがて、天使が、できたてのスープを運んできて、大鍋に注《そそ》ぎ込《こ》んだ。天国の住人たちがスプーンやフォークを鍋に入れる。

そのあとの光景に、男は目を見張った。天国の住人たちの食事のしかたは、地獄とはまったく違っていたのだ。天国の住人は、長いスプーンを使って向かいにいる人にスープを飲ませ、長いフォークを使って肉を食べさせていた。それぞれが交代交代に、それは、それは、美味《おい》しそうに食事を楽しんでいたのだ。

「ここにいる者たちは、お互《たが》いに食べさせ合うことを学んだのだ。ただ、それだけの違いなのだよ。天国にこの者たちが住み始めたのではない。この者たちが、楽しむことを学んだから、ここが天国になったのだ」

男は、同じ場所でも、そこに住む人間の心の有《あ》り様《よう》によって、そこが地獄にもなり、天国にもなるのだと知った。

神様が言った。

「さて、天国と地獄の両方を見たところで、お前はどちらに行きたいと思った？　聞くまでもない愚問《ぐもん》かもしれないが」

男は、何かを考え、意を決した表情で言った。

「自分勝手なお願いですが、天国でも、地獄でもなく、私を元の世界に戻《もど》していただけないでしょうか。元の世界で、私は、周囲から関心も愛情ももたれず孤独《こどく》でした。でもそれは、私自身が周囲に関心も愛情ももっていなかったことの裏返《うらがえ》しだったのだと、今、気づきました。もう一度、あの世界で生きてみたいのです」

神様がにこりと微笑んだ。

「お前が、その選択をしてくれてよかったよ。お前はまだ死んではいない。今際《いまわ》の世界に居ただけだ。さあ、戻るがよい」

気がつくと、男の目の前には、見慣《みな》れた街の風景が広がっていた。ただ少し、その風景は輝いて見えた。

（原案　外国の寓話　翻案　おかのきんや、桃戸ハル）

父と鳩《はと》

父が認知症《にんちしょう》になった。

私が3歳の時に母が亡《な》くなって以来、我《わ》が家《や》は父子家庭だった。父は、再婚《さいこん》もせず、男手《おとこで》ひとつで私を育ててくれた。父は、不器用《ぶきよう》ながら、一生懸命《いっしょうけんめい》に家事をこなした。そのおかげで、家の中は、いつもきれいだった。

中学、高校と、会社勤めのかたわら、父は私の弁当作りもしてくれた。授業参観日にも必ず参加してくれた。大学を卒業し就職《しゅうしょく》した私に、貴重《きちょう》なアドバイスをしてくれた。ほかにも、男同士、人生の先輩《せんぱい》としていろいろなことを父から教えてもらった。

今度は、私が父を助ける番だ。できる限りのことをしてあげようと思った。

まず、料理ができなくなった父に代わって、私が台所に立つようになった。会社帰りにスーパーで買い物をする。帰宅《きたく》後、急いで夕食の支度《したく》をして、父と2人で食卓《しょくたく》を囲《かこ》む。その後、片《かた》づけと明日の朝食の支度。掃除洗濯《そうじせんたく》も、もちろん私の役目だ。こんなことを父は長いこと続けていたんだなぁ、と思うと、ただただ頭の下がる思いだった。

それから3年が経った。父の認知症は、ますますひどくなっていた。

私が会社に行っている間、父は食事の支度《したく》をするつもりだったのか、ガスに火をつけ、カラの鍋《なべ》をかけたためボヤを出し、消防車が数台出動する騒《さわ》ぎになったこともある。そのとき、私は、近所中を謝《あやま》って回った。

帰宅途中《とちゅう》に、防災《ぼうさい》放送で父が警察《けいさつ》に保護されているのを知ったこともある。隣町《となりまち》で迷子《まいご》になっていたのだ。慌《あわ》てて迎《むか》えに行く。とうとう徘徊《はいかい》が始まってしまった。

もう、父を家に1人で置いておくわけにはいかない。私は会社を辞めた。

そのとき、私には、結婚を前提に付き合っている女性がいたが、彼女とも別れた。彼女を、こんな苦労に巻《ま》き込《こ》むわけにはいかないと思ったからだ。

付ききりで介護《かいご》をしていたにもかかわらず、父の状態は、どんどん悪化していくばかりだった。

「史郎《しろう》、ご飯はまだか?」

「さっき、食べただろう? 食後の薬も飲んだし」

掃除機《そうじき》をかけながら、子どもに言い聞かせるように、私は父に言った。これで何度目だろう。

「史郎、風呂《ふろ》」

「さっき入っただろう?」

これも4度目の会話だ。

父を入浴《にゅうよく》させるのには、けっこう体力がいる。

ふつうの風呂場用のイスでは、ちょっと目《め》を離《はな》したスキに後ろに倒《たお》れてしまうことがある。安全のために背《せ》もたれのあるプラスチックのイスを購入《こうにゅう》した。それに座らせて、身体を洗《あら》ってあげるのだ。寒い冬の時期には、特に注意が必要だ。風邪《かぜ》をひかせたら大変だ。肺炎《はいえん》にでもなったら、老人にとっては命取りになりかねない。

父が寝《ね》たのを確認《かくにん》してから、風呂に入る。これからどうなるんだろう? 昼間は、忙《いそが》しくて悩《なや》む暇《ひま》もないが、夜、1人で風呂に入っているときには、不安に押《お》しつぶされそうになる。しかし、それも、襲《おそ》ってくる眠気《ねむけ》とともに薄《うす》らいでいく。

後には、救いようのない疲労感《ひろうかん》だけが残った。


初秋ののどかな午後。そのときも私は、アイロンがけをし終わった洗濯物をたたんでいた。

父は、しょっちゅう料理や飲み物をこぼしたりするので、2人暮らしなのに、洗濯物の量は、とても多く、1日の中でアイロンがけしている時間は長かった。

父は、ソファーに座ってぼんやり窓《まど》を見ている。と、1羽の鳩《はと》が飛んできて窓辺《まどべ》にとまった。

父が私に聞く。

「あれは何だい?」

「あれは鳩だよ」

私はちらっと見ただけで、洗濯物をたたみ続けた。

しばらくすると、また父が聞いてきた。

「あれは何だい?」

「鳩だよ」

父は、すぐ忘《わす》れてしまうようだ。

「あれは何だい？」

「鳩だよ」

洗濯物をたたみながら、私は顔も上げずに答える。

「あれは何だい？」

また父が聞く。同じことを何度も聞かれて、イライラが募《つの》っていた私は、ついに感情を爆発《ばくはつ》させてしまった。

「鳩だよ！」

大声に驚《おどろ》き、父がびくっとした。

「鳩だって言ってるだろ！」

そして、たたんでいた洗濯物を父に投げつけた。父は、窓辺《まどべ》から飛び立った鳩の行方《ゆくえ》を、ぼんやり目で追っている。

私は、居間を飛び出し、そのまま家の外へと出ていく。

すべてが嫌《いや》だった。あんな状態になってしまった父も、その父にひどいことをしてしまった自分も……。どうしようもない感情を抱《かか》えたまま、私は、あてどもなく早足で歩き続けた。

そんなことがあった日からしばらくして、父が突然《とつぜん》亡《な》くなった。

私は、父が亡くなって悲しいとか、寂《さび》しいとか、ホッとしたとか、そんな気持ちすら感じなかった。私の大事な時間や感情すらも、父は持って行ってしまったのだろうか。

ある日、遺品《いひん》を整理していた私は、父の書いた古い日記を見つけた。

書きこんである日付からすると、私が生まれてから日記をつけはじめたようだ。

パラパラとページをめくっていた私は、「鳩」という文字を見つけ、思わず手を止めた。


——今日、息子《むすこ》の史郎が3歳になった。

史郎が、私と一緒《いっしょ》に居間のソファーに座っているとき、1羽の鳩が、窓辺にとまった。

「あれは、なぁに？」

史郎が聞いてきた。

「あれは、鳩さんだよ」

私は答える。

しばらくオモチャで遊んでいた史郎が、窓辺の鳩を指さして、また私に聞く。

「あれは、なぁに?」

私はまた「あれは鳩さんだよ」と答える。

どうやら息子は、数分経つと、そのことを忘《わす》れるようだ。そしてまた、「あれは、なぁに?」

と、同じ質問を繰《く》り返《かえ》す。

私は、初めて聞いた質問に答えるように言う。

「あれは鳩さんだよ」

そんなことを10回は繰り返しただろうか。

「あれは、鳩さんだよ」

そう答えるたびに、私はぎゅっと史郎を抱《だ》きしめた。答えるたびに、私は息子がますます愛《いと》おしくなっていく。

私は、父の日記を思わず胸に抱きしめた。

「父さん！」

私が洗濯物を投げつけても、窓辺から飛び立った鳩をぼんやり目で追っていた父の姿を思い出した。

取り返しのつかないことをしてしまった。

私は声をあげて泣いた。

（原案　欧米の小咄　翻案　おかのきんや）

足《あし》跡《あと》

信仰心《しんこうしん》のあつい年老《としお》いた男が、死を迎《むか》えようとしていた。

長く寄《よ》り添《そ》った最愛の妻、成人した子どもたちとその家族が、彼のベッドを囲んで、次々と言葉をかけている。そのどれもが、心のこもったものであった。

――みんな、私がこの世を去ろうとしていることを、悲しんでくれている。私を大切に思ってくれていたのだ。

彼は、決して楽な人生を過ごしてきたわけではなかった。けれど、自分のために涙《なみだ》を流してくれる家族に囲まれ、安らかに死を迎えられるというだけで、自分の人生は満足のいくものだったと思えた。

ゆっくりとマブタを閉《と》じる。永遠の眠《ねむ》りにつく前に、男は夢を見ていた。

砂浜《すなはま》の波打《なみう》ち際《ぎわ》を、誰かと並《なら》んで歩いている夢だった。隣《となり》で歩く「誰か」は、見たことのない者であったが、それが「神」であることを、男は直観的に理解していた。

「神よ、私があなたにしたがって生きると決めたとき、あなたがこうしてずっと私とともに歩いてくださっているということに気がつきました」

神は無言《むごん》で微笑《ほほえ》んだ。

「私にはわかっています。この砂浜が、私の一生の道のりであること。そして――」

男は、歩いてきたほうを振《ふ》り返《かえ》って、言った。

「この2人分の足跡は、あなたが私とともに人生を歩んでくださった証《あかし》なのでしょう」

赤く染《そ》まった空を眺《なが》めながら、神と男は、沈《しず》みかけの夕日に向かって、ゆっくりと歩き続けている。しかし、その歩みは、だんだんとゆっくりになる。自分の死期は、いよいよ近づいているのだろう。男は、そう思った。

「でも……」

男は立ち止まって、もう一度砂浜を振り返った。

「どうして、ところどころ一人分の足跡しかついていないのでしょう？」

男の問いかけに、神はやはり無言で微笑《ほほえ》んだ。

「私の一生は、決して楽で平坦《へいたん》なものではありませんでした。もう生きていけない、と思うことも数多くありました」

男は、歩んできた砂浜のあちこちを指さして言った。

「一人分の足跡しかついていない部分は、いずれも、私の人生で、耐《た》えがたい苦難《くなん》に遭《あ》ったときなのではないでしょうか？」

目に涙《なみだ》を浮《う》かべて、男は神に訴《うった》えた。

「人生の最期《さいご》に、このようなことを申し上げる失礼をお赦《ゆる》しください。神よ。なぜあなたは、私があなたを必要としたときに限って、私をお見捨《みす》てになられたのですか！」

男は、絞《しぼ》り出《だ》すような声でそう叫《さけ》び、神をじっと見た。

「私の大切な子、愛する我《わ》が子《こ》よ。私は、あなたを見捨てたりはしていなかったよ。そのことは、あなた自身がいちばんわかっているだろう」

男は、初めて神の声を聞いた。

「あなたが耐《た》えがたい苦難に遭《あ》っていたとき、一人分の足跡しかついていないのは――」

神は、すでに涙を流しはじめている男に手を差《さ》し伸《の》べながら言った。

「それは、歩くことができなくなったあなたを、私が背負《せお》って歩いていたからだよ」


医師が、家族に男の臨終《りんじゅう》を告げた。

窓《まど》の外には、旅立った男を追悼《ついとう》するかのように、たくさんの星が輝《かがや》いていた。


（原案　欧米の民間伝承　翻案　おかのきんや）

有能なアルバイト

　地方都市の片隅《かたすみ》に、一軒《けん》のコンビニがあった。コンビニといっても、都会にあるものとは違《ちが》って、朝に開店して夜には閉《し》まってしまう営業形態のものである。

　ここ数年、そのコンビニのオーナーは悩《なや》んでいた。仕入《しい》れ原価《げんか》は上がっているのに、思うように売上《うりあげ》が伸《の》びず、年々経営が厳《きび》しくなっていたからだ。そこでオーナーは、起死回生《きしかいせい》の策《さく》に打って出ることにした。24時間営業に切《き》り替《か》えることにしたのだ。

「遅《おそ》い時間もやってくれていると助かるんだけど」というお客の声は以前から聞こえていたが、本当に深夜や早朝に店を利用する人がいるのかわからず、ためらいがあった。しかし、もうそれしか道はない。

　とはいえ、現実問題として、今の人員での24時間営業は不可能だ。そこでオーナーは、アルバイトを募集《ぼしゅう》することにした。人を雇《やと》うことができれば、今いる店員と合わせてシフトを組んで、24時間営業にすることは可能だ。

――そんなオーナーの計画は、初手《しょて》からつまずいた。アルバイトの応募が、たった一通しかこなかったのである。

応募してきたのは、この町にある大学に通う男子学生だった。オーナーの認識《にんしき》では、なんの特徴《とくちょう》もない凡庸《ぼんよう》な大学で、そこに通う学生も「平凡《へいぼん》」以外の形容のしようがない者ばかり。そして、面接にやってきた大学生は、その「平凡」にすら遠く届《とど》かないような印象だった。

「バイト経験ですか？　豊富ですよ。今までに20回くらい、バイト変えてますから。あ、安心してください。自分から辞《や》めたことはありませんから」

面接している間、オーナーはずっと頭痛《ずつう》を我慢《がまん》していた。声は小さいし、しゃべりも動きものろのろ。「平凡」ですらない――一言《ひとこと》で言えば「愚鈍《ぐどん》」である。

「アルバイトを自分から辞めたことはない」？　それはつまり、すべてクビになったということだ。そんなことを、どこか自慢《じまん》げに話す神経も理解できない。

本当なら、こんな若者《わかもの》を雇いたくはない。しかし、なにせ応募してきたのは彼一人だったのだ。彼を雇わないという判断をするなら、24時間営業化も延期《えんき》にせざるを得ない。それでは、経営不振《ふしん》は何も解決しない。

ひとまず、オーナーは彼を雇うことにした。雇ってみて、あまりにも使えないようならクビにしよう。それが、オーナーの考えた苦肉《くにく》の策《さく》だった。そして、面接をした翌日《よくじつ》からシフトに入ってもらったのだが――3日もしないうちに、ボロが出た。

とにかく、何をやらせても、どんくさいのである。

商品を棚《たな》に並《なら》べる作業では、よく手をすべらせて床《ゆか》に落とす。客に頼《たの》まれて弁当を温めれば、なぜかレンジの中で爆発《ばくはつ》させる。休憩《きゅうけい》時間でもないのにスマホをいじっている姿《すがた》も、ほかの店員に頻繁《ひんぱん》に目撃《もくげき》されていた。

まさか、ここまで使えないとは。これは、思っていたよりも早い段階《だんかい》でクビを切らなければならなくなるかもしれない。彼に代わるアルバイト店員を、早く探《さが》すべきか……。オーナーがレストランで食事中をしながら、そんなことを考えていたとき、不穏《ふおん》な会話が聞こえてきた。

「そういえば、聞いた？　先月、あのコンビニ、24時間営業になっただろ？　あそこの新しい店員がバカで、しょっちゅう釣《つ》り銭《せん》を間違《まちが》えるんだって。しかも、客に多めに返しちまうらしい。割合《わりあい》は10人に1人とか、5人に1人とか言われてるけど、運がよければ、お得に買い物できるかもしれないぜ」

そんな話を小耳《こみみ》にはさんだオーナーは驚《おどろ》いた。10人に1人だろうが、5人に1人だろうが、そんな確率で釣り銭を間違えられたのでは、相当な損害だ。経営不振を打破するために24時間営業にしたのに、そのせいで損害をこうむっては意味がない。

これが事実なら、クビどころか、バイト代からさっぴきたいくらいだ。

そう判断したオーナーは、その日の夜、アルバイトの働きぶりを店の外からチェックすることにした。オーナーである自分が姿《すがた》を現すと、きちんと働いているふうを装《よそお》うかもしれない。ありのままの彼を観察するには、外から監視《かんし》するのが一番いい。

夜中、オーナーがコンビニに行くと、店の中にたくさんの人陰《ひとかげ》が見えた。オーナーは我《わ》が目《め》を疑《うたが》った。レジに向かって、20人以上の客が列を作っていたのだ。

もっとも客が入る時間でも、これだけの人数がレジに並んだことはない。それが、こんな深夜ににぎわいを見せている理由に、オーナーは思いあたる節《ふし》があった。

アルバイト店員が釣り銭をしょっちゅう間違えるという話を聞いたあと、にわかには信じられず、オーナーは独自に調査をした。自分があの店のオーナーであることを知らない人たちにそれとなく聞いてみたり、ネットで調べてみたり。すると、出てくるウワサはどれも自分がレストランで耳にしたのと同じ、レジに慣れないアルバイト店員の不手際《ふてぎわ》を笑《わら》う言葉だった。

――あの天然パーマの店員だよね？　俺、お釣り間違えられたことあるよ！　缶《かん》ビールの本数を少なく間違えてレジ打っちゃったんじゃないかな。

――あたしも、お釣りが５００円くらい多かった！　超《ちょう》ラッキー！

――僕は、ほぼ毎回２００円くらい間違って返されるから、買い物すればするほどお得になる店かもしれません。「天パ割引《わりびき》」だね。

――とくに、行列ができたときは焦《あせ》っちゃうのか、よく間違えるよ。あのままじゃ、クビになるのも時間の問題かも。

つまり、今レジに並んでいる客たちは、マヌケなアルバイト店員が釣り銭を間違えることに期待して、列をなしているのだ。

仮《かり》に、釣り銭を少なく返されそうになったとしても、「お釣りが間違ってますよ」と申告すれば、きちんと正しい額《がく》を返してもらうことはできる。多めに返ってきたときは、それを指摘《してき》せずに受け取ってしまえばわかりっこないのだから、客のほうにリスクはない。

大人数の客に並《なら》ばれて、グズなアルバイトは、おたおたとレジを打っていた。あんなに焦っていては、ミスが増えてもおかしくない。このままではまずい。ただでさえ、経営は綱渡《つなわた》り状態なのだ。ここで観察している場合ではない。

オーナーは店のドアを開け、そのままレジに駆《か》けこんだ。突然《とつぜん》のオーナーの出現に、グズなアルバイトが黒縁《くろぶち》メガネの奥《おく》で目を丸くする。

「いいから、とにかく今は、お客さま対応をするぞ！」

は、はい……と、しどろもどろに答えたアルバイトが、ふたたびレジに向き直る。オーナーは、ひときわ大きな声で「いらっしゃいませ！」と客を迎《むか》えた。列に並ぶ客の誰かが、チッと舌打《したう》ちするのが聞こえた。

長く続いていた列がようやくなくなり、オーナーはため息をついた。客をさばいたというより、オーナーが出現したことで、何人かの客が列から離脱《りだつ》したのかもしれない。アルバイト店員が肩《かた》の力《ちから》を抜《ぬ》く。油断《ゆだん》をすると、そのまま休憩《きゅうけい》に入ってしまいそうな青年の肩を、オーナーはつかんだ。

「少し話がある」

「え、なんですか？」

相変わらずのろのろとした話し方に、どっと疲《つか》れが押《お》し寄《よ》せてくる。それを頭の外に追い出して、オーナーは単刀直入《たんとうちょくにゅう》に尋《たず》ねた。

「おまえ、ちゃんと釣り銭を確認《かくにん》してるか？　お客に、多く返してしまってるんじゃないだろうな!?　しかも、一度や二度のことじゃないぞ。そういうウワサが立ってるんだ。ＳＮＳでも拡散《かくさん》されてる！」

その言葉を受けたアルバイト店員は、「そんなこと、ないと思いますけど……」と曖昧《あいまい》に否《ひ》定《てい》した。

「レジくらい、ちゃんと使えますから。それに僕、こう見えて有能なんです」

うそぶく若者の笑顔を見て、オーナーはふたたび疲労感《ひろうかん》に襲《おそ》われた。時刻《じこく》は深夜だ。今すぐ、酒を飲んで寝《ね》てしまいたい。そんな衝動《しょうどう》に駆《か》られたが、そういうわけにはいかない。自分は、この店のオーナーなのだ。

「じゃあ、今すぐ売上を確認しよう。それで、すべてがはっきりする」

そう言うと、オーナーはレジを開けた。

このグズな若者が釣り銭を間違って渡《わた》していたなら、勘定《かんじょう》が合わないはず。場合によっては、この場でクビだ。そうまで思っていたのに、いざ計算してみると、売上とレジ内の金額には１円の違いもなかった。

「どういうことだ？」

つまり、釣り銭にミスはなかったということになる。それ自体は安堵《あんど》すべきことだが、そうなると、自分が聞いたウワサはなんだったんだ？

オーナーが首をかしげたとき、隣《となり》でクスクスと笑う声がした。

「オーナーも、情報に踊《おど》らされた１人なんですね」

愚鈍なやつだと思っていた分、バカにされてカチンときた。なんだと⁉　と怒鳴《どな》りそうになったとき、目と鼻の先に、スマホの画面を突《つ》きつけられた。

突然《とつぜん》のことに目を白黒させるオーナーに、スマホをかざした張本人《ちょうほんにん》が、ニヤリと笑う。

「オーナーの見たＳＮＳって、これですか？」

オーナーは、若者がこれ見よがしにつきつけてくるのが、例のウワサが書きこまれていたＳＮＳの掲示板《けいじばん》であることに気づいた。

「あ、あぁ、そうだが……」

うなずいたオーナーを見て、今度は若者が大声で笑い始めた。その笑い声の間に差《さ》しはさむように、アルバイトは言う。

「これ書きこんでるの、全部、僕なんですよ。アカウントは、投稿《とうこう》ごとに変えてますけど」

「……は？」

「あ、『全部』は言いすぎか。なかには、本当に僕が釣り銭を間違えて渡しておいた人の書きこみもありますから。こういう場合、第三者の発言もまざったほうが文章にバリエーションが出て信憑性《しんぴょうせい》が生まれるし、情報も拡散されやすいですからね。あ、大丈夫ですよ。釣り銭をワ・ザ・と・間・違・え・る・と・き・は10円程度ですし、客に渡した分は、僕がきちんと補填《ほてん》しておきましたから。店には実損《じっそん》、出てないはずです」

ふだん使わないような単語を並《なら》べて饒舌《じょうぜつ》になる若者を、オーナーはぽかんと見つめた。今や、眠気《ねむけ》も疲労《ひろう》もどこかへ消え去ってしまっている。

「きみは、いったい……」

「お釣りが余分にもらえるかもしれない店があったら、ラッキー狙《ねら》いか、ＳＮＳに投稿するネ夕探《さが》しで、行ってみようと考える人間は必ずいます。だから、情報を流したんですよ。『この店の天パのバイトが――あ、それ僕のことなんですけど――しょっちゅう釣り銭を間違える』っていう、フェイクの情報をね。結果は、オーナーもさっき見たとおり。この時間でも行列ができるほどの大盛況《だいせいきょう》です。経営不振を手っとり早く抜《ぬ》け出《だ》すには、売上を伸《の》ばすのが一番の近道ですから」

「それじゃあ、きみは……全部わかったうえで、ワザと？」

呆然《ぼうぜん》とつぶやいたオーナーの鼻先から、若者が、ようやくスマホを離す。そのスマホで、自分のあごをとんっと叩《たた》いて、若者は楽しそうに唇《くちびる》をつり上げた。

「僕、こう見えて有能なんですよ」

（作　桃戸ハル、橘つばさ）

私

　これから私が話すのは、私が住む学生寮《がくせいりょう》で起こった事件の真実である。ある晩《ばん》、私は同部屋の仲間3人と話していた。ひとしきり、くだらない雑談《ざつだん》をしたところで、平田《ひらた》という男がこう切り出した。

「そういえば、この前、寮《りょう》で盗難《とうなん》が起きているっていう噂《うわさ》を聞いたよ」

「いや、それ、噂じゃなくて事実らしいよ。しかも、犯人は外部の者じゃなくて、寮生《りょうせい》らしい」

　と答えたのは、純朴《じゅんぼく》な中村《なかむら》。

「なぜ、そうわかるんだい？」

　と私が聞くと、樋口《ひぐち》が、声をひそめて言った。

「目撃者《もくげきしゃ》がいるんだよ。ついこの間、寮生の１人が自分の部屋に入ろうとしたら、中から急に誰かが飛び出してきて、その寮生を殴《なぐ》って逃《に》げたそうだ。追いかけたが、そのまま見失った。

引き返して自分の部屋を調べたら、タンスや机《つくえ》のひき出しが荒《あ》らされていたってさ」

「泥棒《どろぼう》の顔は見たのかい？」

「いきなり殴られたもんだから顔は確認《かくにん》できなかったらしい。ただ泥棒は、赤いジャンパーを着ていたそうだよ」

「赤いジャンパー、か。まぁ、それだけじゃ、決め手とはならないがな」

と平田が言った。しかし、そう言いつつ、平田がちらりと私を見たことを、私は見逃《みのが》さなかった。私も赤いジャンパーを持っている。平田は、私を犯人だと思っているに違《ちが》いない。人に疑《うたが》われることは、気分のいいものではない。だが、反発心をあらわにするのもみっともない。

私は、あえてさっぱりとした口調《くちょう》で言った。

「寮生だとすると、そう簡単《かんたん》には捕《つか》まらないだろう。それにしても、この寮の中にそういう奴《やつ》がいるというのは、不愉快《ふゆかい》だな」

すると、樋口が言った。

「これは秘密《ひみつ》なんだが、盗難が多発しているのは、風呂《ふろ》の脱衣所《だついじょ》なんだそうだ。これは委員から聞いたんだが、最近は寮生会の委員が2、3人、小さな穴《あな》から見張《みは》っているらしい」

「しかし、君が知っているくらいだから、もう犯人だってそれを知っているかもしれんぞ」

そう言って平田は、私をまたちらりと見た。私は思った。

——今、私のように人に疑《うたが》われているような場合、真犯人と、本当は犯人ではない者とでは、感じることにどれだけの差があるものだろうか。

少なくとも私は、真犯人《しんはんにん》とまったく同じ孤独感《こどくかん》を味わっていたからだ。

その日以来、周囲の視線《しせん》が妙《みょう》に気になるようになった。赤いジャンパーも、気苦労《きぐろう》の種になった。着れば着たで、ある者は、「あれはもしかしたら」と私を疑うだろう。またある者は、疑ってはすまないと、私に気兼《きが》ねするに違いない。だからと言ってジャンパーを着なかったら、「あ、やはり」という目で私を見る人も出てくるだろう。

平田を除《のぞ》けば、友人たちの多くは、友人である私を犯人だと思っていない。おそらく、「思いたくない」という気持ちなのだろう。相手を信じることは、「友情」にとって絶対条件だからだ。

仮《かり》に私が、賢明《けんめい》な泥棒《どろぼう》ならば、できるだけ「友情」を傷《きず》つけないようにするべきだ。神様に見られても恥《は》ずかしくない誠意《せいい》をもって彼らに接し、こっそりと盗《ぬす》みをはたらくべきなのだ。

「盗みも友情も、どちらも本当です」

というのが、おそらく本物の泥棒なのだ。

それはさておき、ある日のこと、私は思い切って赤いジャンパーを着て、中村に言った。

「そういえば、まだ泥棒は捕《つか》まらないようだね」

「風呂場はあれっきりだけど、盗難自体は、今でもひんぱんに起こっているらしいよ。それと、風呂場の見張りの件をもらしたことで、樋口がこの前、寮の委員に怒《おこ》られたそうだ」

「何で樋口が？」

「君にはずっと隠《かく》していたが、委員たちは、君を疑っているんだ。もちろん僕は疑っちゃいないよ。だからこそ、黙《だま》っていることがつらかった。悪く思わないでくれ」

「いや、構わないよ。お互《たが》い、もう心の中をすべて打ち明けようじゃないか」

「あぁ」

「それにしても、あの晩、風呂場の見張りについて樋口がしゃべったことを、誰が委員会に告げたんだ？」

「誓《ちか》って言うが、僕じゃない」

中村は、あわてて首を振《ふ》る。

「となると……」

私の言葉をさえぎるようにして、中村が言葉をはさむ。

「言わせないでくれ。僕もつらいんだ。僕は君の友人でもあると同時に、あいつの友人でもあるんだ。僕と樋口は昨夜、あいつと意見が対立して、ケンカしてしまった。1人の友人を守ろうとしたら、もう1人の友人をなくしてしまいそうだ。何でこんなことになるんだ？」

「そうか、すまない、君と樋口は、そこまで僕のことを思ってくれていたんだな」

私は、中村の手を取り、泣いた。中村も泣いていた。

人情の温かみを味わった気がした。私が、ずっと求めていたものは、まさにこれだった。

私は正直に、中村に打ち明けた。

「僕は、君らが思っているような、立派《りっぱ》な人間じゃない。平田は僕を疑っているかもしれないが、僕はあの男のよさを知っている。僕のことはいいから、あいつと仲よくしてやってくれ。君たちがあいつと仲よくするほうが、僕は気持ちがいいんだよ」

中村は、私の手をつつんで、なおも泣いた。

その後も、盗難は続いた。その被害は、樋口と中村にも及《およ》んだ。

平田は、私に聞こえよがしに言った。

「とうとうあの2人までやられたか。まぁ、残る2人は、絶対に盗《と》られっこないがな」

結局、平田の言う通りになった。平田は盗まれなかった。いや、より正確に言えば、盗まれそうにはなったが、平田はそれを寸前《すんぜん》で阻止《そし》して犯人を捕まえたのだ。

一方、私も盗まれなかった。私の場合は、盗まれそうにさえならなかった。なぜなら、犯人は私だったからだ。

「嘘つきは泥棒の始まり」などというが、すべての泥棒が嘘つきとは限らない。私は、この告白の中でも、友人たちとの会話の中でも、ただ一つの嘘もついていない。平田にも樋口にも中村にも、真実しか述べていない。

つまり私が言いたいのは、泥棒の心は、皆が思っているよりもずっと繊細《せんさい》で、正直だということだ。私は、泥棒かもしれないが、決して嘘つきなどではない！　ということだ。

（原作　谷崎潤一郎「私」　翻案　吉田順、蔵間サキ）

おじいさんの花束

外国の地方都市のバス停から、近郊《きんこう》の町を目指してバスが出発した。

いちばん前の座席《ざせき》には、小さな女の子が、目をキラキラと輝《かがや》かせて満足そうに座《すわ》っている。母親、弟と一緒《いっしょ》に、大きな街まで遊びにいった帰りにバスに乗ったのだ。

女の子は、田舎町《いなかまち》に住んでいて、都会の街並《まちな》みを見たことがなかった。だから、今見てきた街の華《はな》やかさに、まだうっとりと夢心地だった。

弟も、ロボットのオモチャを買ってもらい、母親のヒザの上で大はしゃぎしていた。

女の子は、田舎町では手に入らない高価なチョコレートを買ってもらった。銀紙を破り、少しだけ割って、小さな舌《した》で少しだけなめる。かじってしまうのはもったいないからだ。

その夢のような甘《あま》さと香りにうっとりしていると、突然《とつぜん》、弟が横から手を伸《の》ばしチョコレートのかけらを奪《うば》い取《と》った。

「きゃっ！　なにすんのよ‼」

怒《おこ》った女の子は、弟の腕《うで》をつかみ、それを奪い返した。

「お姉ちゃんがイジワルした‼」

びっくりした弟は、泣きながら母親にしがみついた。

母親は、こわい目つきで女の子をたしなめながら、弟を泣き止まそうと、一生懸命《いっしょうけんめい》にあやす。

――お母さんは、いつも弟の味方ばっかりしてる。女の子は、腹《はら》が立《た》った。


次のバス停に止まると、ふてくされていた女の子の目が、突然《とつぜん》大きく見開かれた。白髪《しらが》のおじいさんが、大きな花束を大事そうに抱《かか》えて、バスに乗《の》り込《こ》んできたからだ。

花が大好きな女の子は、その花束に思わず心を奪《うば》われた。それは、女の子が今まで一度も見たことがないような、何とも美しい花束だった。

おじいさんは、後のほうの空席に向かって、花束を揺《ゆ》らしながらゆっくりと車内を移動する。おじいさんが歩くたびに、バスの中には花の甘い香りが広がる。女の子は、後ろ向きに座り直すと、その花束を瞬《まばた》きもせずに見つめていた。

バスは、広大な小麦畑《こむぎばたけ》の中を走り続けた。しばらくすると、前方に光《ひか》り輝《かがや》く丘《おか》が現れ、バスはその美しい丘の前で停車した。おじいさんがおもむろに、花束を抱えたまま立ち上がり、前方のドアに向かって歩き始めた。このバス停で降《お》りるのだろう。

女の子はがっかりし、思わず声に出してしまった。

「花束さんとお別れなの！　わたし、とっても悲しい」

すると、おじいさんは、女の子のところで立ち止まって、顔を向けた。

「お嬢《じょう》ちゃん、この花束をそんなに気に入ってくれたのかい？」

「うん、大好き！　こんなにきれいなお花、初めて見たわ！」

「そうかい、そうかい。そんなに気に入ってくれてのなら、この花束は、お嬢ちゃんにプレゼントさせてもらうよ」

そう言って、女の子のヒザの上に、その花束を置いた。

「本当!?　うれしい！」

母親は驚《おどろ》いて、老人に話しかけた。

「お気持ちはありがたいのですが、こんなに立派な花束を、いただくわけにはいきません」

「いえいえ、お気になさらず。これは買い求めたものではないですから。実は、妻が精魂《せいこん》こめて育てた花なのです。もし、妻がこの場にいたら、きっと妻もこうするだろうと思います」

「そうなのですか。では、ありがたく、いただきます」

「ありがとう！　おじさん、大好き！」

女の子は、車内中に響《ひび》く声でお礼を言った。

母親も、弟を抱えながら会釈《えしゃく》をした。バスの運転手は、にこにこと微笑《ほほえ》んで、ハンドルから手を離《はな》している。おそらく、少し停車《ていしゃ》をして、時間調整してくれるつもりなのだろう。


ようやくバスが動きだした。

女の子は、おじいさんがどこへ行くのか目で追った。バスを降《お》りた老人は、美しい丘の入口にある、白い門に向かって歩いているようだった。

バスが移動したことで、母親には、門の向こうに広がる景色が見えてきた。その景色を見て、その丘がどんな場所であるのか、母親は知った。

「ここは、墓地だったのね！」

遠くでおじいさんがゆっくりと振《ふ》り返《かえ》る。そして、花束を抱えながら、バスの窓《まど》から身をのりだしている女の子に、手を振った。

おじいさんは、小さな声でつぶやいた。

「あの花をあんなに喜んでもらえるのなら、妻もあそこで喜んでいるよ」

そして、青く高い空を指差しました。

でも、女の子には、その声は届《とど》かない。バスの中で不思議《ふしぎ》そうに首を傾《かし》げる女の子を乗せて、バスは去っていった。

花束をもらい、すっかりご機嫌《きげん》になった女の子は、大事なチョコレートを、半分に割《わ》った。

そして、それを、少し恥《は》ずかしそうに弟に渡した。

（原案　欧米の小咄　翻案　おかのきんや）

選《せん》択《たく》肢《し》

「A市まで」

会社の前に止まっていたタクシーに乗《の》り込《こ》むと、男は運転手に告げた。深夜2時。真っ白いシートカバーのさらさらした感触《かんしょく》に、男は疲《つか》れた身を沈《しず》めた。

テレビ制作会社でディレクターの仕事をしている男は、電車で帰れることなどまれで、帰宅《きたく》はほとんどタクシーだった。

「お客さん、遅《おそ》くまで大変ですね」

話しかけられ、男は答えた。

「運転手さんこそ、深夜の勤務《きんむ》は大変でしょう。この仕事、長いんですか？」

前を向いたまま、運転手はチラリとミラー越《ご》しに客である男を見て言った。

「いえ、実は、この仕事をはじめたのは3ヵ月前からなんですよ」

「へぇー、そうなんですか？　それまでは何の仕事を？」

「あまり名前は知られていないんですが、プロの格闘家《かくとうか》でした」

乗車したとき、「体の大きな運転手だな」と思ったが、改めて運転手のうしろ姿《すがた》を見ると、単に太って体が大きいのとは違って、その肉体が筋肉《きんにく》のヨロイで覆《おお》われていることが制服を着ていても見てとれる。

「格闘家なら、ケンカは無敵《むてき》でしょ？　一般人なんか、素手《すで》で瞬殺《しゅんさつ》できるんじゃないですか？」

「『できる』と『やる』は、別ですよ。そんなことをしたら、捕《つか》まってしまいますから。ただ一つの例外を除《のぞ》いて、絶対に一般の人に手を上げるなんてことはありませんよ」

男は好奇心《こうきしん》にかられて聞いた。

「その『ただ一つの例外』って何ですか？　聞いてもいいですか？」

「ええ、構いませんよ。でも、お客さんも同じなんじゃないかな。『家族を守るとき』ですよ。家族を守るためなら、それが罪になるとしても、『やらなきゃいけない』んじゃないですか？」

男は、正直な気持ちを答えた。

「僕は仕事が忙《いそが》しくて、家庭も持ってないから、その気持ちはまだわからないな。『家庭』って、奥さん？　それとも、お子さん？　両方？」
「女房《にょうぼう》は１年前に他界《たかい》しました。だから、今、私にとって『家庭』は、たった１人の、３歳になる娘のことなんです」

聞けば、運転手は妻に先立たれ、３歳になる娘《むすめ》を男手《おとこで》ひとつで育てているのだという。いわゆる、シングルファーザーだ。

タクシー運転手に転職したのも、それが理由だという。プロの格闘家は、地方での遠征《えんせい》やトレーニングがあり、とても子どもの面倒《めんどう》を見ることができない。

運転手は、まったく悩《なや》むことなく、転職の道を選んだという。自分の夢など、「娘」の前では、比べものにならないほどちっぽけなものだったのだ。

奥《おく》さんと死別するつらさや、１人で子育てをする大変さなど、実際のところは本人にしか分からない。相手の気持ちが分かるかのように言うのは、かえって失礼になるだろうと男は思った。そして言葉を選びながら、運転手をねぎらった。

「娘さんのためにも、まだまだ元気でがんばらないといけませんね」

寂《さび》しげに笑って、運転手は話を続けた。

「娘と一緒に暮《く》らすことができているんだから、幸せですよ。夜は娘も寝ているから、深夜に預《あず》かってくれる保育所に預けているんです。娘が起きている間は、なるべく一緒にいてあげたいと思いましてね。それに昼間の勤務《きんむ》より、こっちのほうが給料もいいですし。まぁ、体力にだけは自信がありますから」

自分の身の上話など、ふだんは、あまり人に話すこともないのだろう。でも、本当は、いろいろと悩《なや》みやストレスを抱《かか》えているに違《ちが》いない。自分が聞いてあげることで、その負担《ふたん》が少しでも軽減するなら、そんなことはお安い御用《ごよう》だ。そう思った男は言った。

「娘さんにとっては、頼《たよ》れるのは運転手さん…パパだけですからね。運転手さんが病気になって入院したりしたら大変なことになる。体には気をつけてくださいね」

車は都会のビル群を抜《ぬ》け、郊外《こうがい》にさしかかっていた。深夜の街道は車の通りも少なく、信号はずっと青が続いていた。タクシーの前にも後ろにも、車はいなかった。

「かわいい盛《さか》りでしてね、本当は、もっと娘と一緒《いっしょ》にいてあげたいんですがね」

運転手が言ったその時、ヘッドライトに照《て》らされた空間に突然人間が浮かび上がり、ドンと大きな音とともに人間がフロントガラスの上を転がっていった。

幹線道路に突然《とつぜん》、人が飛び出してきたのだ。タクシーはブレーキをかけて止まり、ゆっくりと道路に横たわる人物のところまでバックして戻《もど》った。

道路でぐったりと倒れ込んでいたのは背広の男で、ピクリとも動いていない。

「い、今のはどう見たって、向こうが悪いと思いますよ」

震《ふる》える声で男は言った。男にしたって、人をはねた経験などなく、心臓《しんぞう》はドクドクと高鳴っていた。まるで自分が事故を起こしてしまったくらいに興奮《こうふん》していたが、努めて冷静に、客は運転手に話しかけた。

「あ、あの歩行者が急に、飛び出してきたんだから、衝突《しょうとつ》は避《さ》けられないですよ。あんなタイミングで出てくるなんて、自殺に違《ちが》いない」

運転手は、ハンドルを強く握《にぎ》ったまま無言《むごん》で目を見開いている。

「運転手さん、あんたは悪くないんだ。僕が証言しますから。このまま警察《けいさつ》に行きましょう」

この時間だ。自分以外に目撃者《もくげきしゃ》なんて、いるわけがない。男はとにかく、運転手の力になろうと、懸命《けんめい》に説得を続けた。

「そうだ、警察よりも、まずは救急車だ。さっきの人、まだ助かるかもしれない」

客は背広《せびろ》の内ポケットを探《さぐ》ったが、携帯電話《けいたいでんわ》はそこにはなかった。

「しまった。会社のデスクで充電《じゅうでん》したままだった。こんなときに限って……」

男のその独《ひと》り言《ごと》を聞いた瞬間、運転手がタクシーを急発進させた。そして、アクセルを踏《ふ》みこみ、車をどんどん加速させる。一刻《いっこく》も早く現場から立ち去るように。

男は必死に運転手を説得《せっとく》し続けた。

「ね、運転手さん、娘さんのためにも、ここは警察に行きましょう。娘さんは、パパだけが頼りなんですすよ」

口にしてから、男は自分が言ってしまった一言《ひとこと》を後悔した。

「パパしか…いない…俺が逮捕《たいほ》されたら、娘は…」

さっきの事故の場面は、誰も見てはいないだろう。それを知っているのは、後部座席《こうぶざせき》に座《すわ》っていた自分だけだ。つい数十分前に会ったばかりの、縁《えん》もゆかりもない、初対面の客である自分一人だけ……。男は、先ほどの運転手の言葉を思い出していた。

——家族を守るためなら、それが罪になるとしても、「やらなきゃいけない」。

この、元格闘家が本気を出したら、素手であっても、一般人の命を奪《うば》うことなど、造作《ぞうさ》もないことだろう。

運転手が暗い口調《くちょう》で聞いてきた。

「お客さん、さっき、『忙《いそが》しくて家庭も持ってない』って言いましたよね？」

男は必死に運転手を説得した。

「あのはねられた人、まだ動いていました。戻りましょう。まだ間に合います！」

もはや、それは懇願《こんがん》に近かった。男は泣《な》いていた。気がつくと、運転手も泣きながら、車を運転している。

やがて車は交差点《こうさてん》にさしかかった。左に曲がれば、その先は人里離《ひとざとはな》れた山道につながる。右に曲がってUターンすれば、先ほどの事故現場に戻《もど》れる。

運転手は何かを心に決めたのか、スピードを落とすことなくハンドルをぐいっと切った。

その決意の強さを代弁《だいべん》するように、タイヤがキキっときしんだ。

（作　桃戸ハル）

タイムマシンとお笑《わら》い芸《げい》人《にん》

「もし、タイムマシンがあったら、過去の世界に戻《もど》って、5年前の俺に思い切り説教してやりたい……」

朝の公園。ベンチに座《すわ》り、愚《ぐ》痴《ち》を言いながら泣いている男がいた。

男は、若い頃《ころ》からお笑《わら》い芸《げい》人《にん》として大成《たいせい》することを夢見ていた。しかし、努力することは嫌《きら》いで、ネタ作りに精進《しょうじん》することも、芸に磨《みが》きをかけることもせず、まったく売れることはなかった。そして、気がつけば30歳になってしまっていた。お笑い芸人が、売れるか売れないかは、30歳までに決まってしまうと、男は考えていた。それまでに芽が出ていなければ、ほとんどの者が夢をあきらめている。そうなったら、他の道を探《さが》さざるを得ない。そう思っていたにもかかわらず、男は何もしてこなかった。

他の道を探さざるを得ない――それは、男だけの考えではなかった。男は所属している事務所からも、「今月中にテレビ出演を1本でも決めろ。それができなければ、お前はクビだ」と宣言《せんげん》されてしまったのだ。そう言われた男は、しかし、チャンスをつかもうと奮起《ふんき》することもなく、翌日、自分から事務所を辞《や》めた。

5年前——。男は、同世代の若手芸人たちと、

「いつか売れて、テレビに出まくってやろう!」

と、夜な夜な夢を語り合っていた。

そんな仲間たちの中から、本当に人気芸人になった者も何人かいた。

たしかに彼らには、才能があった。だが、それ以上に、必死にのし上がろうと努力していたのを、いつもそばで見ていた男は知っていた。

「俺も、あいつらのように一生懸命《いっしょうけんめい》頑張《がんば》ることができていたら、今頃は、売れっ子芸人になれていたかもしれない……」

そう思うと、いい加減に過ごしてきた、これまでの5年間がなんとも悔《く》やまれた。過去の自分に腹《はら》が立ち、悔《くや》し涙《なみだ》がボロボロこぼれてくる。

「もし、タイムマシンがあったら、5年前の世界に戻《もど》って、5年前の俺に、絶対に説教するのに……。『おい、お前！　ぬるい気持ちで芸人やってちゃダメだ。もっと必死に芸を磨《みが》かないと、5年後は、事務所もクビになって、無職だ！　頑張れ！　コノヤロー！』って」

と、その時、突然《とつぜん》、目の前の公園の景色《けしき》が、渦《うず》を巻《ま》くようにグルグルと歪《ゆが》みだした。同時に稲妻《いなずま》が四方八方に走った。その空間の中心から、変な機械が出現した。その機械は、中古の薄《うす》汚《よご》れた軽自動車のようにも見えた。

その機械のドアが開き、そこから、ホームレスのような男が出てきた。薄汚れ、みすぼらしい格好《かっこう》をしているが、そのホームレス男は、唖然《あぜん》としている芸人にそっくりな顔をしていた。芸人の数年後を思わせるそのホームレス男は、芸人をにらみ罵声《ばせい》をあげながら駆《か》け寄《よ》ってくるなり、芸人の尻《しり》を思い切り蹴《け》り上《あ》げた。さらに、目を白黒させて驚《おどろ》いている芸人の胸《むな》ぐらをつかみ、こう忠告した。

「おい、お前！　いや、俺！　よく聞け。これはタイムマシン。俺は5年後のお前だ。お前、簡単に夢をあきらめるな！　芸人をやめちゃ、絶対にダメだ。もっと必死に芸を磨いて、なんとか芸能界にしがみつけ。そうしないと、5年後は、夢もあきらめられず、でも何をするでもなく、借金だらけになって、借金取りに追い回されるぞ！　頑張れ！　コノヤロー！」

そう言い、泣《な》きながら芸人を殴《なぐ》りつけてきた。芸人は突然のことで、でも、何かが胸に響《ひび》いて、なすがままに殴られ続けた。

突然、ホームレス男の暴力がやんだ。芸人は片目《かため》を開け、様子を確かめた。ホームレス男は青ざめた顔で上空を見上げていた。青空が渦《うず》を巻《ま》くように歪《ゆが》み、稲妻が四方八方に走って、その中から、新たなタイムマシンが出現した。精悍《せいかん》な軍用車のようなスタイルだった。

ホームレス男は震《ふる》え上《あ》がり、悲鳴を上げた。

「借金取りのタイムマシンだ。あいつらに捕《つか》まったら、火星送りにされて、一生奴隷《どれい》のようにこき使われてしまうんだ！」

「それは、ヤバいですね。お気の毒に」

「お前！　なに他人《ひと》ごとのように言っているんだ。俺が火星送りにされるってことは、おまえが、５年後に火星に送られるってことなんだぞ!!」

「そんなあーっ、なんであなたの借金のせいで俺が？」

今度は、芸人が震《ふる》え上《あ》がった。

「俺の借金は、お前の借金だ！　とにかく、5年後の未来を変えることができるのは、今、この世界にいるお前だけなんだ！　頼《たの》む、俺を、いや俺たちのために頑張ってくれ!!」

ホームレス男は号泣《ごうきゅう》しながら、ポンコツのタイムマシンに飛び乗った。

タイムマシンが歪《ゆが》み始《はじ》め、稲妻が四方八方に走った。

「今からでも遅くはない。これから思い切り頑張れば、5年後には、間違いなく、売れっ子芸人になれる！　まだ間に合うんだ。頼《たの》んだぞ!!」

ホームレス男のタイムマシンが、空中へと飛び出した。借金取りのタイムマシンが、それを追う。2つのタイムマシンは、そのまま空間に消えた。


今のは、夢か幻《まぼろし》か？　芸人は何事もなかったような、いつも通りの青空をポカンと見つめた。

「タイムマシンに乗って、5年前の俺に説教したいと思っていたら、逆に、5年後の俺に説教されてしまった……」

芸人は頭をかきながら、苦笑《くしょう》した。

「あいつ、泣きながら俺を殴《なぐ》っていたけど、その気持ちはよくわかるな。俺だって、過去の俺をボコボコにしてやりたいぐらいなんだから……。なにしろ、そのときの自分はなにも知らないけど、未来の自分は全部わかっているんだからな……」

そんなことを考えていた芸人の顔が、突然、見違《みちが》えるように明るくなった。

「そういえばあいつ、去《さ》り際《ぎわ》に『これから思い切り頑張れば、5年後には、間違いなく売れっ子芸人になれる！』ってわめいてた……。未来の自分が『間違いなく』って言うんだから、何か根拠《こんきょ》があるはずだ！　そうか、あきらめることはないんだ。まだ間に合う！」

心を入《い》れ替《か》えた芸人は、その日から死《し》に物狂《ものぐる》いの努力を始めた。


5年後――。彼は、超《ちょう》人気者のお笑い芸人となっていた。

成功し、大金持ちとなった芸人は、豪華《ごうか》なマンションの一室でしみじみとこうつぶやいた。

「5年前、公園で未来の俺に忠告してもらって、本当によかった。お陰《かげ》で、今では、毎日こうして美味《おい》しい食事、高級なお酒をいくらでも飲める……ありがたいことだ」

と、その時、突然、リビングが渦巻《うずま》くように歪《ゆが》み、稲妻が走ると、明らかに高性能とわかる機械が出現した。機械のタイプは違うが、この出現のしかたは、あのときと同じ——タイムマシンである。このタイムマシンに乗っているのは、やはり未来の自分だろうか。こんな高価そうなタイムマシンを所有している者ならきっと成功者に違いない。もしかしたら未来の自分だろうか。ドキドキしながらドアが開くのを待つ。

しかし、タイムマシンのドアが開くと、そこからヨロヨロと這《は》い出《だ》してきたのは、白い病衣を着た、やせ細った男だった。面影《おもかげ》だけはあり、自分だとわかった。病衣の男は、芸人にこう忠告した。

「おい、お前！　俺は、5年後のお前だ。売れっ子になったからって、お前がこうして、贅沢《ぜいたく》三昧《ざんまい》の生活を送っているから、まだ40歳だっていうのに、俺は病気になった。余命《よめい》いくばくもない！　これから大手術を受けるが、手術の成功率は数%だ!!　5年後に死にたくなかったら、今すぐに、生活を改めろ！　いや、芸人なんか、とっとと辞めちまえ!!」

芸人は青ざめた。手にしていたワイングラスが大理石《だいりせき》の床《ゆか》に落ち、音を立てて砕《くだ》けた。

（作　おかのきんや）

1枚の肖像画《しょうぞうが》

絵画をこよなく愛する大富豪《だいふごう》がいた。彼は、世の中の収集家《しゅうしゅうか》たちがうらやむ、素晴《すば》らしい名画の数々を所有していた。

そんな彼には、それらの絵画すらも比べ物にならないほど大切な宝物《たからもの》があった。それは、たったひとりの愛する息子《むすこ》である。

ある日、予告もなく隣《となり》の国との戦争が始まり、大富豪の息子も兵士として召集《しょうしゅう》された。

その1年後。最愛の息子が戦死したという悲報が、大富豪のもとに届《とど》いた。

大富豪に長年仕《つか》えている老執事《ろうしつじ》は、悲しみにくれる主人を慰《なぐさ》め、静かに見守った。

1ヵ月後、ひとりの青年が、小さな包みを抱《かか》えて屋敷《やしき》を訪《たず》ねてきた。

「こちらのお屋敷のご主人に、お会いすることはできませんでしょうか。ご子息《しそく》のことで、どうしても、お伝えしたいことがあるのです」

真剣《しんけん》な表情をした青年に頼《たの》まれた老執事は、すぐさま大富豪に話を通した。

青年は、壁一面《かべいちめん》に数々の名画が飾《かざ》られている応接室に招き入れられた。

落ち着かない様子で視線《しせん》をめぐらせていた青年だったが、やがて、まっすぐに大富豪を見つめ、こう語り出した。

「私は戦場で、あなたの息子さんと、同じ部隊に所属していました。私たちは本当にいい友だちでした。……実は、息子さんが亡《な》くなったとき、私は息子さんといっしょにいたんです。息子さんは……、彼は、私を助けるために、貴《とうと》い命を落としました。息子さんには、感謝してもしきれません。……そして、胸《むね》が張りさけそうなほど、申《もう》し訳《わけ》ない気持ちでいっぱいです」

大富豪は、息子が死んだという事実をようやく受け止めることができた。紙きれ1枚での報告では、信じきれなかったのだ。

「さぞ言いづらいことだったでしょうに、お話ししてくださり、ありがとうございます。息子には、あなたのような仲のよい友人がいたのですね。今日、それを知ったことで、私の悲しみが少しだけ癒《いや》されました」

青年は、その言葉をゆっくりと噛《か》みしめた。そして、包みを開き、小さな絵を取り出す。

「これは、私が描《か》いた、息子さんの肖像画《しょうぞうが》です。私はまだ、無名《むめい》の貧しい画家ですが、息子さんの人柄《ひとがら》は、どんな画家よりも理解しているつもりです。……もしよろしければ、この絵を受けとっていただけないでしょうか」

大富豪は、絵の中の息子を、長い間じっと見つめた。

「私には、息子がこの絵の中で生きているように思えます」

静かにつぶやいて、息子の戦友に感謝し、絵の代金を支払《しはら》うよう、執事に指示した。

「とんでもない！　息子さんが私にしてくださったことのお返しが、私にはできません。だから……、せめて、この肖像画を受けとっていただきたいのです」

そう言って肖像画を手渡《てわた》すと、青年は帰っていった。

大富豪は、すぐにそれを暖炉《だんろ》の上にかけさせた。

それ以来、彼はいつもその絵の前の椅子に座《すわ》っていた。

そして、数ヵ月後……。彼は、その椅子《いす》に座ったまま、息《いき》を引き取った。

大富豪には、亡くなった息子以外に、家族も親族もいなかったので、弁護士が彼の遺産《いさん》を管理することになった。

彼の収集した名画はオークションにかけられることに決まり、屋敷《やしき》の大広間に、世界中から収集家が押《お》しかけた。

「一枚でもいいから、なんとしても、あの大富豪が集めた名画を手に入れたい」

と、その会場にいた誰《だれ》しもが熱望した。

競売人《きょうばいにん》がオークションを開始した。

最初に出品されたのは、あの無名の青年画家が描いた肖像画だった。

「では、この作品に、値段をつけてください！」

会場は、一瞬《いっしゅん》静まり返り、やがて、一斉《いっせい》に不満の声があがった。

「そんな無名画家の絵など、誰も買う者なんかいない！　我々《われわれ》は名画を手に入れるために、足を運んできたのだ。早く本当のコレクションを出品してくれ！」

ところが、競売人はその言葉をさえぎった。

「恐縮《きょうしゅく》ですが、私は弁護士から、最初に競売にかけるのはこの肖像画にせよと、厳命《げんめい》をうけているのです。それが、故人《こじん》の遺志《いし》なのです。では、こちらからスタートの値段《ねだん》を提示します。

「100ポンドではいかがでしょうか?」

会場の空気はしらけ、ますます静まり返った。

そのとき、広間の片隅《かたすみ》に立っていた男が、おずおずと手を挙《あ》げた。

「私に100ポンドで買わせてください」

それは、富豪《ふごう》に仕《つか》えていた老執事《ろうしつじ》だった。

「はい手が挙がりました。100ポンド! さらに値をつける方はいますか?」

もちろん、そんな者は誰もいなかった。

タン! タン! タン! 競売人は、3度、木槌《きづち》を振《ふ》り下《お》ろした。

「この肖像画は、そちらのお方が100ポンドで落札されました!」

100ポンドは、会場にいる収集家たちからすればはした金だが、老執事にとっては、ありったけの財産だった。彼は雇《やと》い主《ぬし》が亡くなったので、もうこの屋敷から去らなければならない。だから、100ポンドは、次の仕事につくまでの生活を支えるために必要な、大事な金だった。

それでも老執事は、肖像画を買わずにはいられなかった。

なぜなら、彼は、主人とその息子を、心から敬愛《けいあい》していたからだ。

「さぁ、これで、いよいよ極《きわ》めつきの名画の競売が始まる！」

収集家たちは、色めき立った。

そのとき、広間に１人の男が現れた。それは、亡き大富豪の弁護士だった。彼は会場に集まった人々に向かって大きな声で言った。

「オークションは、ここで終了《しゅうりょう》です。さぁ、木槌《きづち》を下ろしてください」

競売人は、言われた通り、木槌を静かに置いた。

会場に集《つど》った収集家たちは、何を言われたのか理解できなかった。しかし、オークション会場が撤収《てっしゅう》されそうな状況《じょうきょう》を見て、騒然《そうぜん》とし、中には怒鳴《どな》りだす者まで現れた。

「静粛《せいしゅく》に！　故人の遺志により、この肖像画を落札された方が、名画のコレクションを含《ふく》めて、この屋敷全体を相続することになっているのです。ですから、先ほどの肖像画を落札された、あの方が相続人となりました」

そして、老執事を指差し、続けた。

「これらの名画が競売にかけられるか否《いな》かは、すべて、あの方の判断しだいです！」

とまどい、恐縮《きょうしゅく》する老執事を、会場中の者が見つめた。

しかし、老執事は、今度は自分の意志をはっきり示すように、力強く首を横に振った。

屋敷でひとりになった老執事は、あらためて肖像画を見つめた。

あの青年画家に、この絵に大富豪の肖像も描き加えてもらおう。老執事の目からはとめどなく涙《なみだ》がこぼれ落ちた。

(原案　欧米の小咄　翻案　おかのきんや)

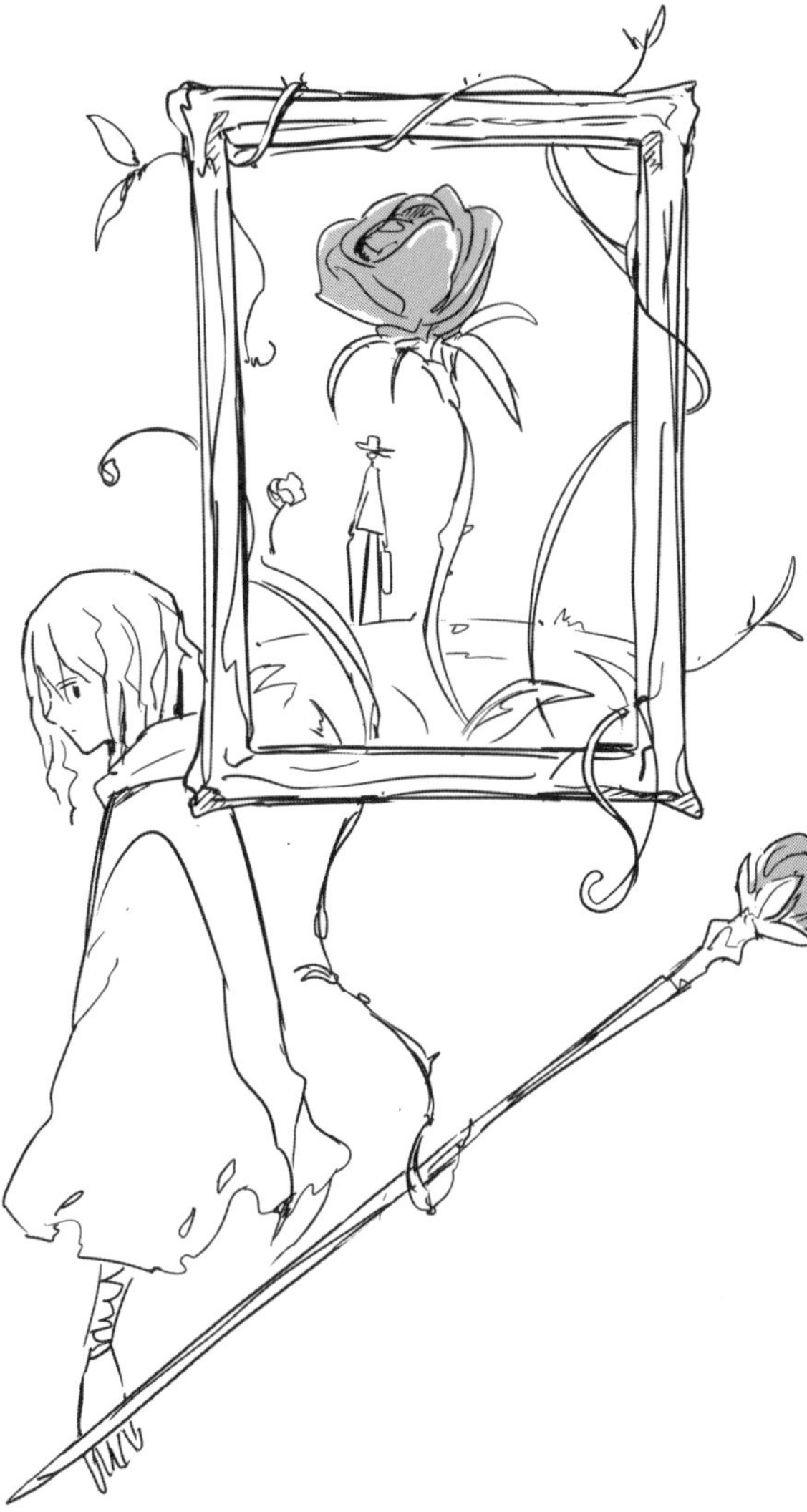

家族愛

アンナが、ゆっくり目を開けると、うすぼんやりした視界《しかい》いっぱいに、両親の顔が見えた。

「アンナ！　アンナ、わかるかい？」

「聞こえる、アンナ？　ママよ！」

「うん……わかるよ、ママ。パパ」

アンナが答えると、とたんに両親が涙《なみだ》を浮《う》かべて、アンナの体を抱《だ》き寄《よ》せた。あまりにも強いその力に、アンナはとまどった。どうして、こんなに必死に、自分は抱きしめられているのか。それに、どうして両親とも涙声なのか。頭の中に霧《きり》がかかったようで、アンナには状況《じょうきょう》が理解できない。

苦しいほどの抱擁《ほうよう》から解放されて、ようやくアンナは、父親の頬《ほお》に大きな絆創膏《ばんそうこう》が貼《は》られていることに気がついた。腕《うで》には包帯《ほうたい》も巻《ま》かれている。

「パパ、それどうしたの？　ケガしたの？」

アンナが尋《たず》ねると、両親は、そっと顔を見合わせた。２人の間に、少しためらう気配《けはい》がただよったあと、口を開いたのは父親だった。

「わたしたちは、事故にあったんだよ。パパの運転するクルマで、３人で出かけたの、憶《おぼ》えてないかい？　それで、うちのクルマに、信号無視したトラックが……」

「トラック……？」

「いいのよ、アンナ。無理に思い出そうとしなくても。忘《わす》れているなら、そのほうがいいことだってあるわ」

母親の言葉に、父親が「そうだな」とうなずく。父親は、大きな絆創膏と包帯が痛々《いたいた》しいが、見たところ母親は、たいしたケガもないようだ。アンナは自分の体を見回した。真っ白なベッドに寝《ね》かされて、よくわからない管《くだ》が体につながれているが、どこにも痛《いた》みはない。

「アンナが無事で、本当によかった。３人で、うちに帰ろう」

そう言った父親が、泣きそうな笑顔になる。

「本当に、みんな助かって、よかった。運の悪い事故だったけど……これからも３人、ずっと一緒《いっしょ》だ」
親子は手を取り合って無事《ぶじ》を喜び、その夜、同じ病室で幸せに身を寄せ合いながら眠《ねむ》った。

事故から生還《せいかん》したアンナには、事故の後遺症《こういしょう》はなかった。以前のよう——いや、それ以上に運動もできたし、体の不調もない。勉強の面では、むしろ以前よりも成績が上がった。

もしかしたら、事故の衝撃《しょうげき》で脳《のう》が活性化して、眠っていた力が覚醒《かくせい》したのかもしれない。そんなふうに、アンナは思った。

「ねえ、パパ、ママ。なんだかわたし、すごく調子がいいよ！　なんていうか、空も飛べちゃいそうな感じ」

アンナの言葉を聞いた両親は、顔を見合わせて微笑《ほほえ》んだ。

「事故のあと、ずっと眠っているあなたを見て、どうなることかと思ったけど……アンナがこんなに元気になってくれて、ママも嬉《うれ》しいわ」

「本当に、アンナが目を覚ましてくれるまで、パパも気が気じゃなかったからね。それに、アンナなら、空も飛べるかもしれないよ。せっかく助かった命なんだから、いろいろなことにチャレンジしなさい」

父親の大きな手に頭をなでられることが、アンナは大好きだった。こうやって、これからも3人で暮《く》らせることが、アンナにとって、一番の幸せだった。

——その幸せが、ずっと続くはずだった。

しかし、事故からしばらく経ったある日、父親の体調が急変した。倒《たお》れるように座《すわ》りこんだかと思うと、ひとりでは立ち上がることさえできなくなったのだ。入院して処置《しょち》を受けることになったものの、医師たちの懸命《けんめい》の治療《ちりょう》もむなしく、アンナと母親が見守るなか、ついに父親は永遠《とわ》に帰らぬ人となってしまった。

アンナは声を上げて母親に抱きついた。母親は、あの日と同じように、アンナを優《やさ》しく包みこんでくれた。しかし、大きくて力強かった大好きな父親は、もうそばにはいない。

「ねえ、どうして!?　どうして、パパは死んじゃったの？　あの事故のせい？　やっぱりパパ、あの事故でケガしてたの？　わたしとママはこんなに元気で、何も変わってないのに……せっかく、みんな助かったのに……。『ずっと一緒だ』って、約束したのに!!」

「そうね……そうよね……」と震《ふる》える声でつぶやきながら、母親がアンナを、痛いほど強く抱きしめる。それでも、アンナにはとうてい、大好きな父親の死は受け入れられない。

「だって、事故のときは、助かったんだよ？　なのにどうして、今になってパパが死ななきゃいけないの？　そんなの、おかしいよ……」

「そうね……アンナには、まだ難《むずか》しいかもしれないわね……」

そう言って、母親はアンナから体を離《はな》した。幼《おさな》い娘《むすめ》の肩《かた》を抱き、その瞳《ひとみ》をまっすぐ見つめて、強い決意の表情になる。娘にも、きちんと話さなければいけない。そう覚悟《かくご》して、母親は唇《くちびる》を開いた。

「アンナには、難しいことかもしれない。だけど、よく聞いて。パパが死んじゃったのは、しかたのないことなの。人間は、いつか必ず死ぬのよ」

母親の言葉に、アンナは唇を噛《か》んだ。母親の言葉を理解した表情ではなく、抵抗《ていこう》をあらわにした表情だった。それでも、母親は根気強く、娘に言い聞かせるように言葉を続ける。

「あの事故でパパが助かったのは、きっと神様が与《あた》えてくれた幸運だったんだと思うわ。だから、私たちは、こうして一緒にいられるの。パパだって、きっと満足しているはずよ。だって

――あの事故から、何十年も生きることができたんだから」

アンナの瞳《ひとみ》に寂《さび》しげな光が揺《ゆ》れて、かたく引き結ばれていた唇《くちびる》が、すがるようにほどけた。

「だけど……パパは、わたしたちを置いて、いなくなっちゃった……」

「人間は、年歳《とし》もとるし、病気にもなる。だから、さっきも言ったけど、必ず死ぬの。パパは人間だったから、その運命から逃《に》げられないのよ」

そこまで言って、母親は口を閉《と》ざした。話そうと覚悟《かくご》したはずが、ふいに不安に襲《おそ》われたのだ。あの事故から、もう何十年も経っている。しかし、娘は亡《な》くなった父親と違《ちが》って、あのころから変わらず幼《おさな》いままだ。まっすぐに母親を見つめる瞳は、どこまでも純真無垢《じゅんしんむく》なまま、世界の不条理《ふじょうり》を何も知らない。

だから、あの日、自分たちの身に起こったことを事細《ことこま》かに教えたところで、きっと、今の娘は理解できないだろう。ただただ、苦しみを味わわせるだけになってしまう。父親を亡くしたばかりの娘に、それは酷《こく》だ。

「大丈夫《だいじょうぶ》。アンナも、少しずつわかるようになるわ。ママとアンナには、時間がたっぷりあるんだから」

そう言って、自分自身も年齢が止まったままの母親は、あの日から何十年経ってもシワひとつ寄っていない手で、娘の髪をなでた。

自分たちは、年歳《とし》もとらないし、病気になることもない。故障《こしょう》してスクラップにでもならないかぎり、「死ぬ」ということもない。母親は、はじめから成人した人間なみの頭脳をプログラムされていたため、「学習」によってそれを理解した。自分たち母娘《おやこ》が、事故で妻と娘を失い、ひとりだけ生《い》き延《の》びてしまった悲しい男の手によって造りだされた、高性能で最新鋭《さいしんえい》の「家族」だということも。

「ゆっくり、考えていきましょう。パパはいなくなってしまったけれど、ママとアンナは、これからも、ずっと一緒よ」


（作　桃戸ハル、橘つばさ）

地獄《じごく》の大渦《おおうず》

いつものように早朝の浜辺《はまべ》へ散歩に出かけた若者は、獅子《しし》の形をした大岩の上に見慣《みな》れない男が座《すわ》っているのを見つけて、首をかしげた。若者の立っている場所からは、後《うし》ろ姿《すがた》しか見えないが、乱《みだ》れた白髪《はくはつ》と曲がった背中《せなか》から推測《すいそく》するに、老人と言うべき年齢《ねんれい》なのは間違いない。

ここは小さな港町だ。住民は、互《たが》いの顔と名前を知っているし、見知らぬ人物がやってくることもほとんどない。若者は、岩の上の老人に対してわずかな警戒心《けいかいしん》を抱《いだ》いた。

「そんなところで、何をしてる？」

若者が近づいていって声をかけると、獅子の頭に座っていた老人が、首だけをめぐらせて振《ふ》り返《かえ》った。目が合う。声は聞こえているらしい。ただ、落ちくぼんだ瞳《ひとみ》は暗《くら》くにごり、まるで生気《せいき》が感じられなかった。暗い瞳をふたたび水平線に戻《もど》して、老人が少しだけ口を開く。

「とむらいだ。10年前に死んだ若者の……」

震《ふる》えるような小声で、老人は、そうつぶやき、そして続けた。

「おまえ、『地獄《じごく》の大渦《おおうず》』を知ってるか？」

若者には、答えるまでもないことだった。

この町に生きていて、「地獄の大渦」を知らない者はいない。

町の沖合《おきあい》、海流が複雑《ふくざつ》にぶつかり合う海域に、数年に一度、突如《とつじょ》として現れる巨大な渦《うず》がある。それを町の住民たちは、「地獄の大渦」と呼んでいるのだ。

暖流と寒流が交わるその場所では、たくさんの種類の魚が獲《と》れる。だから、その渦さえ現れなければ、そこは豊かな漁場なのだ。しかし、ひとたび潮《しお》が変われば、「地獄の大渦」はその場にいた者に逃《に》げる猶予《ゆうよ》を与えない。漁師《りょうし》の釣《つ》り船《ぶね》も通りすがりの商船《しょうせん》も、一緒くたに海の底へと引きずりこんでしまう。「地獄の大渦」に出会ったら最後、その命は死《し》の女神《めがみ》の手の平に乗せられたも同じ、とまで言われているのだ。

「その大渦が、どうしたっていうんだ？」

挑《いど》むように老人を見上げた若者を、岩に座ったままの老人が見つめ返した。体の芯《しん》から疲弊《ひへい》しきっていることが、ありありとわかる顔つきだった。

『地獄の大渦』は知っていても、奴《やつ》と果敢《かかん》に戦った若い兄弟の話は知らないだろう?」

「果敢に戦った兄弟? あの大渦に出会ったら、必ず命をとられるんだ。戦うなんてバカなことをする奴がいるもんか」

「おまえが信じられないことをする奴は、みんなバカなのか? おまえが何も知らないだけじゃないのか?」

老人の皮肉《ひにく》な質問に、若者はムッと眉根《まゆね》を寄《よ》せた。

「だったら、その若い兄弟の話を聞かせてみろよ」

若者は尊大《そんだい》に腕《うで》を組むと、老人に向かってそう言った。適当なホラを吹《ふ》こうとしても、そうはいかない。若者は岩の上に鋭《するど》い視線《しせん》を投げた。

すると老人は、遠くを見つめながら静かに首を縦《たて》に振《ふ》った。

「いいとも、聞かせてやろう。今から話すことは10年前に起こった、まぎれもない真実だ」

東の水平線からは、朝日が昇《のぼ》ろうとしていた。それはあたかも、地獄からはい上がろうとする炎《ほのお》のようだった。

おれがよく知るその若い兄弟は、ともに漁師だったが、性格は正反対だった。兄貴のほうは体も大きく、腕力《わんりょく》もあり、考えるより先に体が動く性格だった。漁師たちの間でも人気者だったよ。

一方の弟は、やや小柄《こがら》。慎重《しんちょう》な性格で観察力に長《た》けていて、体よりも頭を使うことを好んだ。じつは過去に、不注意でヒザの裏からふくらはぎまでを切り裂く大ケガを負ったことがあって、それ以来、より慎重になったんだ。

とにかく、性格の違う兄弟だったが、仲はよかった。船に乗るのはいつも2人一緒だったし、2人で巨大なカジキをしとめたこともあった。まぁ、今はその話はいい。

ある日、2人はいつものように漁に出た。船を走らせた先は、「地獄の大渦」が出現する海域だ。あのあたりは、大渦さえ出なければ、いろんな魚がたんまり獲《と》れるからな。毎日の潮の満《み》ち引《ひ》きを把握《はあく》して、天候に気を配ってさえいれば、危険《きけん》は回避《かいひ》できるんだ。その日は、朝からカラッと晴《は》れ上《あ》がっていて、渦なんて起こるはずがない……兄弟はそう思って海に出た。

しかし運の悪いことに、その日、数十年に一度――いや、百年に一度の嵐《あらし》が前触《まえぶ》れもなく起きてしまったんだ。豊富な漁師経験のあった兄弟にも予測《よそく》できない、まさに不幸な嵐だった。

そして、嵐に呼び起こされたかのように、「地獄の大渦」が兄弟の船の進行方向に出現したんだ。

船はどんどん、渦の中心に向かって吸《す》い込《こ》まれてゆく。暴《あば》れる船の上で、弟は兄の手をつかもうとしたが、船体を殴《なぐ》りつける波にはばまれてしまった。

渦の中心へ近づくほどに、波はどんどん荒《あら》くなっていく。そして、２人を乗せた小さな漁船は、どんどん大渦の中心に吸い寄せられていった……。

そのとき、弟は思った。この大渦は、本当にバケモノだ。実際《じっさい》にのまれてみると、噂《うわさ》で聞いていたものとは、まるで違う。波の音も、高さも、速さも。身をもって大渦の威力《いりょく》を知った弟は、全身の骨《ほね》が凍《こお》るような恐怖《きょうふ》に襲《おそ》われた。この船はだんだんと渦の中心に吸い寄せられていき、そして渦の中心から海底へとのみ込まれるのだろう、と。そして意識の片隅《かたすみ》で、こう思った。たしかに、こんなバケモノにつかまったら誰ひとりとして逃げられるわけがない、とな。弟は、死と隣《とな》り合《あ》わせであることを実感したんだ。

しかし、迫《せま》りくる恐怖と戦いながら、じつは弟は、必死に考えをめぐらせていた。絶体絶命のこの状況《じょうきょう》から、どうすれば逃《に》げ出《だ》せるのか……。船の上から渦を見ていた弟は、やがて、あることに気がついた。

それは、海面に浮《う》かんだ空《から》のタルだった。揺れる船体から、海へと落ちたのだろう。渦の巻《ま》く方向に従って、船や折れたマストが、どんどん中心に近づいていくなか、そのタルだけが、不思議《ふしぎ》とゆっくり、激《はげ》しい波間《なみま》に浮《う》かんでいたんだ。そのタルを、砕《くだ》けた船の破片《はへん》が次々に追《お》い抜《ぬ》いては、「地獄の大渦」の餌食《えじき》になってゆく……。

その光景を見て、弟はハッとした。渦の中心に吸い込まれるまでにかかる時間が、モノによって違うことに、弟は気づいたんだ。

持ち前の観察力を必死に使って、弟は一つの答えを見出した。大きなモノほど、吸い込まれるまでの時間が短い。それとは逆に、円筒形だったり中が空だったりするモノは、吸い込まれるまでの時間が長かったんだ。

弟は兄に向かって叫《さけ》んだ。

「タルだ！　兄貴、海に飛び込んでタルにつかまろう！」

船に乗っているより、タルにつかまったほうが、渦にのみ込まれるまでの時間を稼《かせ》ぐことができる。時間さえかければ、その間に渦が消えてしまう可能性は十分にあった。弟は船に残っているタルを抱《かか》えて海に飛び込む決意をした。

だが、兄は動かなかった。動けなかった、というのが正確かもしれない。兄は「地獄の大渦」にのみ込まれ、地獄の住人となることを想像して、恐怖に震えて船にしがみつくだけだったんだ。

なんとか兄に近づき、手をとって立たせようとした。

「兄貴！　早くタルに!!」

そのままでは助からないと、弟が強引に引っ張ろうとしてもムダだった。弟は、兄を説得することをあきらめ、泣きながらタルを抱えて1人で海へ飛びこんだ。

その数分後――弟の目の前で、兄を乗せた船は「地獄の大渦」の中心に消えた。

じつに、あっけない出来事だった。大渦は、いとも簡単に弟の宝物を奪《うば》い去《さ》った。

直後に弟を襲《おそ》ったのは、これまでに味わったことがないほどの絶望感だった。兄を失った絶望感、そしてこれから自分も渦にのまれるだろう、という絶望感――。

しかし、その数十秒後――わずかな差が明暗を分けた――「地獄の大渦」が、現れたときと同様、突然に跡形《あとかた》もなく消えたのだ。まるで、最初から兄だけを喰《く》らうことを決めていたかのように……そいつを喰らったから気がすんだとでも言うかのようにな。

ぎりぎりのところで、弟は海面に残された。

嵐の名残《なごり》などまるでない、恐ろしいほどに澄《す》みきった青空の下。穏《おだ》やかさを取《と》り戻《もど》した海面には、数個のタルが浮いているだけであった。


「おれの知るかぎり、『地獄の大渦』にそこまで近づきながら生きて帰ってきたのは、その弟だけだ。もっとも、その後の弟の人生は大きく狂《くる》わされたようだがな」

獅子の形をした大岩の上で、老人が息をつく。それを見上げて、若者はうさんくさそうに目を細めた。

「あんた、まるで自分の目で見てきたようなことを言うんだな。それとも、その生き延《の》びた弟から話を聞いたのか？」

「いや、そういうわけじゃない。それに、弟は生き残ったものの、10年の間、恐怖と悲しみのせいで、話をすることもできなかった。しゃべれるようになったのは、つい1週間前のことだ」

「おいおい、じいさん……。あんた、自分で言ったよな？　この話は、10年前に起こった真実だって。生き延びた弟から話を聞いたんじゃなかったら、あんたはどうやって、兄弟のやりとりを知ったんだ？　誰からも聞いていないとすると、全部あんたの作り話か、想像の話ってことになる」

犯人を追いつめるかのように、若者が老人を指さす。老人はそれを見て、ふん、と鼻を鳴らした。

ずっと座りっぱなしだった老人が、すっくと立ち上がる。獅子の頭から首、そして背中をつたって浜辺に降《お》り立《た》った老人は、乱れた白髪を雑《ざつ》にかき上げ、真正面から若者を見つめた。

自分に向けられた老人の落ちくぼんだ暗い瞳に、これまでになく鋭い光が宿るのを見た若者は、ビクリと肩を震《ふる》わせた。生気がないとばかり思っていたが、その光は、老人らしからぬ貪《どん》欲《よく》な生命力を感じさせるものだった。

「やはりおまえは、何も知らない。世の中には、おまえが想像することもできないような恐怖と悲しみがあるんだ」

老人が、悲しみをたたえた笑《え》みを浮かべる。間近《まぢか》で見たその顔に、老人特有のシワやシミがひとつもないことに、今さらながらに若者は気づいた。

「目の前で兄を失い、『地獄の大渦』に殺されかけた恐怖が、おれの髪《かみ》を一瞬《いっしゅん》で真っ白にしたんだ。信じようが信じまいが、おまえの勝手だがな」

そう言って老人——今や、老人かどうかはすっかり怪《あや》しくなってしまったが——は、最後に若者に向かってアゴをしゃくって、砂浜《すなはま》を町のほうへと歩いていった。

老いを思わせないその足取りを目で追っていた若者は、とあるものに気づいて背筋《せすじ》が凍《こお》った。ざくざくと砂《すな》を踏《ふ》みしめて歩いてゆく老人の右足に——ヒザの裏《うら》から、ふくらはぎを縦に裂《さ》くように、大きな傷痕《きずあと》が刻《きざ》まれている。

「地獄の大渦」のうなる声が、若者の耳にも聞こえたような気がした。

（原案　E・A・ポー「メエルシュトレムの大渦」　翻案　桃戸ハル、橘つばさ）

夢の中で拾った五十両

江戸《えど》時代の話だ。長屋《ながや》に、仲のよい夫婦が暮《く》らしていた。

夫の勝五郎《かつごろう》の仕事は魚の行商《ぎょうしょう》。天秤棒《てんびんぼう》の両端《りょうたん》に魚の入った桶《おけ》をかつぎ、得意先《とくいさき》をまわって日々の稼《かせ》ぎを得ていた。魚も新鮮で、勝五郎の人柄《ひとがら》もいいので、客からの評判もよかった。

だが、妻のお初《はつ》には一つだけ大きな悩《なや》みがあった。ふだんは勤勉《きんべん》な夫の勝五郎だが、ひとたび酒を飲むと、途端《とたん》に怠《なま》け者《もの》になってしまうのだ。

もうすぐ正月だというのに、勝五郎は酒ばかり飲んで、かれこれ二十日《はつか》は仕事に出ていない。収入《しゅうにゅう》もないのに大酒を飲むので、借金が増えていく。このままでは安心して年も越《こ》せない。

お初は我慢《がまん》に我慢を重ねていたが、高イビキをかき、気持ちよさそうに酔《よ》いつぶれている夫を見ていると、腹《はら》が立ってきた。ついに堪忍袋《かんにんぶくろ》の緒《お》が切れたお初は、夫を叩《たた》き起《お》こした。

「あんた！　今日こそは、魚河岸《うおがし》に行って魚を仕入れて、商《あきな》いを始めてくださいな！」

妻のけんまくに押《お》され、夫はしぶしぶ天秤棒をかつぎ、まだ夜も明けていない町へ出かけた。二日酔《ふつかよ》いで、足取りがおぼつかない勝五郎だったが、なんとか魚河岸までたどり着いた。

ところが、魚河岸はまだ真《ま》っ暗《くら》である。いつもは、威勢《いせい》のいい声が飛《と》び交《か》っているのに、今日はなぜだか、シーンと静まり返っている。不思議《ふしぎ》に思って辺《あた》りを見回していると、時刻《じこく》を知らせる寺の鐘《かね》がゴーンと鳴った。勝五郎は、鐘の音を数え終わると合点《がてん》がいった。

「そうか、お初のやつ、時間を間違《まちが》えて早く叩き起こしやがったな！　そそっかしいやつだ。家に帰って出直すってのも面倒《めんどう》だなぁ……。そうだ、浜《はま》を散歩《さんぽ》して時間をつぶそう」

久しぶりに浜へ出て、汐《しお》の香《か》をかいだ勝五郎。顔を洗《あら》って酔《よ》いを覚まそうと、海水を両手ですくうと、何かヒモのようなものが手に引っかかった。

「ん、なんだろう？」

手に引っかかったものをズルズルと引っ張ると、砂《すな》の中からぼろぼろになった、革の財布《さいふ》のようなものが出てきた。手に取ると、ずしりと重たい。中をのぞくと小判《こばん》が見えた。震《ふる》える手で数えると、なんと、五十両も入っていた。

「五十両あれば、当分は遊んで暮《く》らせる。もう、あくせく商売なんかする必要はない」

大金を手にした勝五郎は、すっかり気が大きくなってしまった。

勝五郎は長屋に取って返すと、お初に事情を話し、その小判で酒を買ってこさせた。昼から夜までお酒を飲み続け、そのまま酔いつぶれて寝《ね》てしまった。


翌日《よくじつ》の明け方。

「あんた！　今日こそは、魚河岸に行って魚を仕入れて、商いを始めてくださいな！」

と、昨日《きのう》と同じセリフで、お初に叩《たた》き起《お》こされた勝五郎。酔いが残っている頭で、もうろうとしながら文句を言った。

「なに、とぼけたこと言ってんだ。昨日拾ってきた五十両があるじゃねぇか。これからは、あれで、ぜいたくな暮《く》らしができるだろう！」

「あんたこそ、なに、とぼけたこと言ってんだい。五十両ってなにさ。いったい、どこにそんな金があるんだい」

「ほれ、昨日の明け方、魚河岸に出かけて、革の財布を……」

「あんた、昨日は、魚河岸になんて行っていないじゃないか。昼ごろ起きてきて、あたしに酒を買ってこさせて、昼から夜まで飲み続けてそのまま酔いつぶれ、寝てしまったじゃないか。どうせ、おかしな夢でも見たんだろうさ」

「そうか、あれは夢だったのか。貧乏《びんぼう》ばかりしているから、金をネコババするような、情《なさ》けない夢を見てしまったのかもしれない……」

本気で反省した勝五郎は、お初に誓《ちか》った。

「もう、酒はキッパリやめだ！　今日からは、商いに精《せい》を出す」

そして、その宣言《せんげん》通り、勝五郎は毎日懸命《けんめい》に働き続け、1滴《てき》も酒を口にしなかった。すると、もともと商上手《あきないじょうず》な勝五郎。得意先も増え、商売はどんどん繁盛《はんじょう》していった。

そうして3年の月日が流れた。勝五郎は、ついには、表通《おもてどお》りに店を構えるまで出世《しゅっせ》した。

その年の暮れ。勝五郎夫婦は、正月の準備《じゅんび》も済ませ、夫婦水入《みずい》らずで除夜《じょや》の鐘《かね》を聞きながら昔の苦労話をしていた。

すると、お初が、「あんたに見てもらいたいものがあるのよ」と、風呂敷《ふろしき》を開いた。勝五郎は、それを見て目を丸くした。それは、夢の中で拾った、あの五十両入りの革財布《かわざいふ》だった。

「あれは、夢じゃなかったのか……」

「ごめんなさい、夢じゃなかったんです。あのままだと、あんたはお酒でダメになると思ったんです。それにネコババしたことがお上《かみ》に知られれば、首が飛ぶことだってありえます。あんた、調子に乗ってお金をたくさん使うだろうし、誰かにしゃべってしまって、そこから噂《うわさ》が立つと思ったんです。だから、あんたが酔いつぶれたスキに、これをすぐお奉行所《ぶぎょうしょ》に届《とど》けて、あんたには、あれは夢だってことにしたんです。あたしを許《ゆる》せないなら、離縁《りえん》してください」

お初は泣きながら頭を下げた。

「とんでもない。そんなことしたらバチが当たるぜ。おまえが夢にしてくれなかったら、今ごろ、おれの首はなかったかもしれない。それに、こんな立派《りっぱ》な店だって持てなかったさ。本当にありがとうよ。ささ、頭をあげてくれ」

「そう思ってくれるなら、嘘《うそ》をついた甲斐《かい》があります。じつは、2年前、落とし主が現れなかったからと、奉行所からこの財布が戻《もど》ってきたんです。でも、まだ商売がうまくいっていなかったから、今日まで心を鬼《おに》にして、黙《だま》って隠《かく》していたんです」

「そうかい、そうかい、よく黙っててくれた。よく隠しておいてくれた」

勝五郎も、男涙を流しながら、お初の手を強く握《にぎ》った。

しばらく、そうして2人で泣いていたが、お初がおもむろに立ち上がって言った。

「もう、ここまでくれば、あんたも大丈夫《だいじょうぶ》、さあ、久しぶりに好きなだけ酒を飲んでおくれ」

そして、酒の入ったとっくりと、おちょこを運んできた。

「えっ！　酒を飲んでもいいのかい。そいつはありがたい」

ごくりとつばを飲み、勝五郎は嬉《うれ》しそうにおちょこを口元へ運んだ。だが、その手がピタリと止まった。

「あんた、どうしたんだい、遠慮《えんりょ》せずにお飲みよ」

「いや、やっぱり酒はよそう……」

「どうしてだい？」

「酔いつぶれて、この幸せが、また夢になるといけねぇ」

夫婦は、今度は、涙を流しながら大笑《おおわら》いした。


（原作　古典落語「芝浜」　翻案　おかのきんや）

具のない味噌汁《みそしる》

「人生の危機《きき》というものは、何の前触《まえぶ》れもなく、こうして突然訪《とつぜんおとず》れるものなのか……」

1人の男が、そうつぶやいた。

郊外《こうがい》のアパートに、妻と2人で暮らす絵描《えか》きがいた。彼は、貧しいながらも、明るい妻のおかげで、幸せな家庭生活を送っていた。

ところが、そのささやかな幸せが、突然、終わろうとしていたのだ。

その日、彼が画廊《がろう》を訪《おとず》れると、オーナーから突然こう言われた。

「あなたの絵は、センスが古い。もう、うちでは扱《あつか》えない。今、飾《かざ》ってある絵も、すべて持ち帰ってほしい」

その言葉が、前触れだったかのように、挿《さ》し絵《え》の仕事をしていた出版社からも、「連載終了《れんさいしゅうりょう》」の宣告《せんこく》をされた。

絵の収入も、原稿料《げんこうりょう》も入らなくなり、彼は無収入《むしゅうにゅう》となった。会社員と違《ちが》い、自由業である彼には、退職金《たいしょくきん》も、失業保険《しつぎょうほけん》もない。細々と蓄《たくわ》えた貯金を切《き》り崩《くず》しても、いつかは限界《げんかい》がくる。このままでは、どうやりくりしても、家賃《やちん》も払《はら》えなくなってしまう。心配と緊張《きんちょう》から眠《ねむ》れない夜が続いた。

追《お》いつめられた彼は、ある決意をした。

「初心に戻《もど》って、一からやり直そう。自分が心から楽しめる絵を描こう。あと少しだけ、好きな絵を描くことに集中しよう。もし、それでも道が開けなかったら、絵を描く仕事はキッパリとあきらめ、どこかの会社に就職しよう」

彼は、妻にその覚悟《かくご》を宣言《せんげん》し、これからしばらくの間、生活費を切りつめ、一緒に苦労してもらうことを頼《たの》んだ。

ある日、買い物から帰ってきた妻が、小さな箱を取り出した。そして包装紙《ほうそうし》をいそいそとはがし、嬉《うれ》しそうに、箱から〝あるもの〟を2つ取り出し、彼に見せた。

それを見た瞬間《しゅんかん》、彼は愕然《がくぜん》とした。それは、数万円はするであろう、料亭《りょうてい》で使うような〝輪島塗《わじまぬり》のお椀《わん》〟だったのだ。

「一円の無駄遣《むだづか》いもできない時期なのに、なぜ、こんな高価なものを買ったんだ！　節約しなくちゃいけない事情もちゃんと説明しただろ。こんな状況になった責任は僕にある。でも、君にも協力してもらわないと困《こま》るんだ！」

彼は激怒《げきど》し、妻をなじった。

ところが、妻は、涼《すず》しい顔をしてこう言った。

「これから、うちは貧乏《びんぼう》になるのよね？」

「ああ」

「そうなると、おかずも買えないから、ごはんとお味噌汁《みそしる》だけの食事ということもあるわよね？　それどころか、お味噌汁の具《ぐ》を買えないこともあるかもしれない」

「うん……」

「でも、そんなとき、このお椀を使えば、たとえ具のないお味噌汁でも、料亭のお味噌汁みたいに感じられると思うの。そうしたら、家計は貧乏でも、気持ちは貧乏にならないでいられると思うの」

「たしかに、そうかもしれないけど、だから何だっていうんだ？」

「これは、食事のことだけじゃなくて、あなたの仕事のことを言ってるの。あなたの覚悟《かくご》はわかるけど、切羽《せっぱ》つまった気持ちで挑戦《ちょうせん》すると、その切迫感《せっぱくかん》が絵に出て、いいものにならないと思うの。あなたの絵は、他人を幸せにするためのものでしょ？　こんな時こそ、豊かな気持ちになるべきだわ。だから、これを買ってきたのよ」

言葉を失った。しかし、彼の目からは、涙《なみだ》がこぼれ落ちた。

「ありがとう…」

彼には、その言葉を伝えるだけで精一杯《せいいっぱい》だった。それでも、妻は彼の思いを受け取った。

「どういたしまして」

妻は、笑顔でウインクした。

職人が丹精《たんせい》こめて作った輪島塗のお椀で味噌汁を飲むと、具が何もはいっていなくとも、とても豊かな気持ちになれた。

彼は、そのおかげで、新たに売《う》り込《こ》むための作品を、明るい気持ちで、のびのびと描くことができた。そして、そのすがすがしい気持ちが、彼の作品の新境地《しんきょうち》を開いた。

彼の新しい作品は、彼が一流の絵描きとして認められるきっかけとなった。


(作　おかのきんや)

空のカケラ

小学校の校舎を出ると、校庭に、空がたくさん落ちていた。

僕は、この景色《けしき》が大好きだ。いつもは土だらけの地面がキラキラと輝《かがや》いて、ぱあっと世界が明るくなったみたいに見える。この景色は、きっと、神さまからの贈《おく》りものだ。

落ちてくる空は、やっぱり、灰色《はいいろ》のくもり空よりも、真《ま》っ青《さお》な空がいい。ときどき、虹《にじ》もいっしょに落ちてくることがあるけど、それを見つけたときは最高に気持ちいい。

夜空が落ちているのも、きれいだ。そのなかに、月や星がこぼれているのが見えたときは、宝物《たからもの》を見つけた冒険家《ぼうけんか》みたいな気分になる。

そんな景色をじっと見ているのも好きだけど、思いきって、地面に落ちている空に飛びこんでみるのも、すごく気持ちいい。

大きくて、キラキラと真っ青な空を見つけたときは、すうっと胸《むね》いっぱいに空気を吸《す》いこんで、両足をそろえて、一気に飛びこむ。そうすると空は、バシャリと音を立ててはじけて、小さなカケラになって、あちらこちらに散らばる。

僕がいちど飛びこんだくらいじゃ、地面に落ちてきた空は消えない。地面に大きく残った空は、ゆらゆらとゆれているだけ。ゆれている空は笑っているみたいで、僕はそれも好きだ。

だけど、空に飛びこんだあと家に帰ると、必ず、お母さんに怒られる。

「また、水たまりに飛びこんだのね！　ズボンもシャツにも、泥《どろ》が跳《は》ねちゃってるじゃない！」

僕がぬいだ服を見て、お母さんは困《こま》ったふうに言う。だけど、お母さんはすごい。僕が空に飛びこんでつけてしまったシミだって、いつも、きれいにしてしまう。だから僕は安心して、今日も空に飛びこむことができるのだ。

ちなみに、お父さんは、僕が空に飛びこむことを、おもしろがっているみたいだ。お母さんがシミぬきをしているのを見ると、お父さんは、「なんだ、またやったのか」と言って、ははは、と笑う。

お父さんには、いつも余裕《よゆう》がある。さすがは、スゴ腕《うで》の「シュウフクシ」だ。

ある日曜日の昼さがり。僕は家でゲームをしていた。お母さんはお昼ごはんの後片《あとかた》づけをしている。お父さんはリビングのソファで、動物園のクマのように、ゴロリと横になっていた。

世界がゆれたのは、そのときだ。

ゴゴゴゴゴゴッと、ものすごい音がして、地面が縦《たて》と横に大きくゆれた。お母さんが台所で悲鳴をあげて、寝《ね》ころがっていたお父さんはガバッと飛び起きると、僕におおいかぶさってきた。そこにお母さんがよろよろとやってきて、3人で、かたまって丸くなる。

どれくらい経ったのか、ものすごい音とゆれがピタリと止まって、こんどは奇妙《きみょう》なくらい、静まりかえった。

「すごい、地震《じしん》だったわね……」

「そうだな……。ケガはないか？　2人とも」

世界のゆれが、お母さんとお父さんの声まで、ふるわせたみたいだ。僕の手も、少しだけふるえている。こんなに大きな地震は、生まれてはじめてだ。

「ちょっと、外の様子を見てくるよ」

そう言ったお父さんが、ゆっくりと立ち上がる。きっと「職業病」というやつだ。

お父さんは、すごい。僕も、大人になったら、お父さんみたいにスゴ腕の「シュウフクシ」になりたいと思っている。だから、お父さんのやることを見ておかなくちゃいけないんだ。

玄関《げんかん》に向かったお父さんを追いかけるために、僕はかけだした。お母さんが、まだ床《ゆか》に座《すわ》りこんだまま、「だめよ！　危《あぶ》ないからここにいなさい！」と叫《さけ》んだけれど、僕は立ち止まらなかった。お父さんの背中《せなか》を追いかけて玄関から飛び出す。

あっ、と僕は声をあげた。

家の外には、地面いっぱいに空が落ちていた。その散らばったたくさんの空のなかに、ひときわ大きな空のカケラがあった。「カケラ」という言葉が正しいのかわからなくなるくらい、大きな空。きっと、僕が寝ころがって両手と両足をうんと広げても、足りないくらい大きい。見たことのない大きな空のカケラに、僕の胸《むね》はうずうずした。あのなかに、飛びこみたい。思いっきりあの空に飛びこんで、バシャリっと音をはじけさせて、キラキラと飛び散る空が見たい。その空を、体じゅうにあびたい。

僕は、大きな空に向かってかけ出した。すぐそばまでかけていったところで、両足でジャンプして、そのまま空のなかへ飛びこむ。

僕の両足がふれた瞬間《しゅんかん》、バキリとカタそうな音がして、空が割《わ》れた。

「え？」

はじめての感触《かんしょく》に、僕は混乱《こんらん》した。これは、雨上がりに落ちてくる、いつもの空じゃない。

「こんなにたくさん、落ちてくるなんてな……」

それは、お父さんの声だった。はっとして見ると、お父さんはこわいくらい真剣《しんけん》な顔を上に向けていた。それにつられて、僕も上を見る。その瞬間、また、「え……」と声がこぼれた。

頭の上に広がっているはずの空に、黒い穴《あな》がたくさん、たくさんあいている。四角い穴、イビツなまるい形の穴、トゲトゲした感じの穴、大きなヒビ割れみたいになっている穴。穴、穴、穴、穴……真っ青な空が、真っ黒な穴ぼこだらけになっている。

「お、お父さん……」

見たことのない空に、ぞくりと背中《せなか》が寒くなって、僕はお父さんの腰《こし》にしがみついていた。

お母さんも家の中から出てくる。お母さんも、空がおかしなことになっていることに気づいて、

「そんな……」と悲鳴のような声をこぼした。

「あなた、これ……」

「ああ、大きな地震だったからな。おれたち『修復師《しゅうふくし》』の出番だ。こりゃあ、しばらく忙《いそが》しくなりそうだ」

そう言ったお父さんが、仕事の顔になる。

「まぁこれも、ここに暮《く》らす人たちの心の支《ささ》えをつくる、大事な仕事だ。今となっては、地上に暮らしていたことのある人たちはいない……。でも、だからこそ、この地底世界の天井《てんじょう》に、地上から見えるのと同じ空を貼《は》りつけ続ける『修復師』が必要なんだよ」

（作　橘つばさ）

茶店《ちゃみせ》のおばあさんと薬売り

昔、あるところに1軒《けん》の茶店《ちゃみせ》があった。

その茶店は、関所《せきしょ》が近いため、行きかう通行人で繁盛《はんじょう》していた。

もちろん、場所だけが理由ではない。その店は老婆《ろうば》が1人で切《き》り盛《も》りしていたのだが、この老婆が働き者のうえに、気立てもよかったため、ひいきにしてくれる人たちがたくさんいたのである。

「婆《ばあ》さま、今年も来ましたよ。あのうまい草もちを食わせてくだされ」

今日も、なじみ客の薬売りが、店先の縁台《えんだい》に荷物をおろしながら声をかけた。

「はいはい、すぐにお持ちします。町でのお商売がうまくいきますよう、祈《いの》っておりますよ」

「うれしいことを言ってくれますねぇ。帰りにもまた寄らせてもらいますからね」

老婆のいれてくれたお茶をおいしそうに飲みながら、薬売りは笑顔《えがお》で答えた。

医療《いりょう》が発達していない時代、薬は、病気を治すための最も効果的な手段《しゅだん》だった。ただ、ドラッグストアなどは当然存在《そんざい》せず、薬を持って行商《ぎょうしょう》して歩く薬売りは、庶民《しょみん》だけでなく、豪商《ごうしょう》や武家《ぶけ》の間でも、とても重宝《ちょうほう》されていた。

中でも、この薬売りは、どんな病《やまい》にも対応した薬を売ってくれると評判で、この薬売りに助けられた人間も、少なくはなかった。

それから3ヵ月後、ひとしきり江戸《えど》で薬を売り歩いた薬売りは、足どりも軽く帰途《きと》についた。

――また、あの茶店の、婆さまの元気な顔を見ていくか。土産話《みやげばなし》もいっぱいできたし、さぞ喜んでくれることだろう。

ところが、どうしたことだろうか。にぎわっていた茶店が、ひっそりとしている。

働き者の老婆が、毎日、隅々《すみずみ》まできれいに掃除《そうじ》していたはずの店内にも、なぜかうっすらとホコリがたまっている。そのせいか、店全体がどんよりと暗く見えた。

店先の縁台には、老婆がうなだれて座《すわ》っている。

「婆さま、どうなすった？　どこか患《わずら》っておいでか？」

薬売りは、驚《おどろ》いて駆《か》け寄《よ》った。

「じつは、先頃《さきごろ》、上のせがれが傘屋《かさや》を、下のせがれが下駄屋《げたや》を始めたのでございます」

老婆の言葉は、なぜか力なく感じられるものだった。

「おお、それは結構なことではありませんか。傘も下駄も人々にとって、なくてはならぬもの。薬よりも役に立つ！」

昔の履物《はきもの》と言ったら、下駄か草履《ぞうり》が基本。これがなければ、外を歩けない。傘も同じく、雨の日の必需品《ひつじゅひん》である。

「それが問題なんでございますよ」

「えっ、どういうことです？」

「晴れれば、傘屋をしている上のせがれが、傘が売れずに困《こま》ります。雨の日は、下駄屋をしている下のせがれが、下駄が売れずに困ります。晴れても雨が降《ふ》っても心が苦しくて、気の休まることがないんでございます。働くのもおっくうになって、これこの通り」

老婆は、目に涙《なみだ》をためて、ため息をついた。

「この心の苦しさを治す薬はないものでしょうか……」

「ございますとも！」

老婆の話を聞き終わった薬売りは、にっこり笑って答えた。

「晴れた日は、下駄屋が儲《もうか》かってうれしいことです。雨の日は、傘屋が儲かって、これまたうれしい。そう思えばよいのです。これは『気の持ちよう』という薬です。ちまたで評判で、この箱の中にあるどの薬より、今の婆さまには効きますよ！」

薬売りのおかげで、老婆はすっかり元気を取《と》り戻《もど》し、茶店はまた繁盛《はんじょう》した。


（原案　日本の民間伝承　翻案　おかのきんや）

タイムマシン

これは、世界が一つにまとまった、未来の話である。

科学や医療《いりょう》が著《いちじる》しく進歩した22世紀の世界では、病気で命を落とす人間はほとんどいなくなった。結果、出生数《しゅっしょうすう》が横ばいであるにもかかわらず、人口は増え続ける一方。そこから予測されたのは、将来的《しょうらい》な食糧危機《しょくりょうきき》である。

食糧の生産量そのものは、バイオ技術の進歩によって増大していたのだが、増え続ける人口の前には限界があったのだ。

この問題を解決するべく、世界中から著名《ちょめい》な科学者や経済《けいざい》学者、社会学者など、ありとあらゆる分野の第一人者が召集《しょうしゅう》された。

「このままでは、やがて食べるものがなくなって、人類は餓死《がし》してしまいますぞ」

「かつて導入が検討《けんとう》された『寿命《じゅみょう》制限制』を、いよいよ導入しますか？　規定の年齢を迎《むか》えたら、強制的に人生を終了《しゅうりょう》してもらうとか……」

「そんなことをすれば、倫理的《りんりてき》にどうのこうのと騒《さわ》がれるのがオチだ。それに、何歳を基準にするつもりだ!? 今や、政治家の平均年齢《ねんれい》だって、100歳を超《こ》えているんだぞ。そんな現状で、『寿命制限制』などという法案が通るはずがない!」

「しかし、こうしている間にも食糧危機は迫《せま》っているんですよ!」

「誰《だれ》か、ほかにいい案はないのか?」

「では、あの装置《そうち》を使うのはどうでしょう」

1人の科学者が小さな声で言った。

「あの装置、というのは?」

「タイムマシンのことですよ。すでに、実用化できる段階《だんかい》まできています」

科学技術が劇的《げきてき》に進歩した22世紀においても、タイムマシンは実現していない——表向《おもてむ》きは、そういうことになっていた。しかし、世界政府の秘密《ひみつ》研究機関は、すでにタイムマシンを開発し、実用化できるところまでこぎつけていたのである。

「しかし、タイムマシンを使って、どう食糧危機を解決するというんだ?」

「タイムマシンで過去《かこ》に戻《もど》って、過去から、食糧となるものを採取するんです」

その意見に、議場はざわついた。

「待ってください。タイムマシンのリスクに関しては、以前、博士がご自身でおっしゃっていたじゃありませんか。『過去に戻るという行為《こうい》は、たいへんなリスクをはらんでいる。たった一人の命であっても、過去の世界で生命をおびやかすことは、未来の世界を著《いちじる》しく改変してしまう可能性がある。まさに、時空を超えた究極のバタフライ・エフェクトが起こりかねない』と」

「そうですよ。人類の食糧危機を回避《かいひ》できるほどの食糧を過去から未来に持ち出すなど……」

「今、我々《われわれ》がいるこの世界がどうなってしまうのか、予想できないじゃありませんか」

各界の識者たちの発言に「いかにも」と科学者はうなずいた。

「だからこそ、慎重《しんちょう》に、リスクのない方法を選ばなければなりません。わたしが目をつけたのは、『恐竜《きょうりゅう》』です」

「恐竜？」と、何人かが同時に繰《く》り返《かえ》す。自分に向けられる視線《しせん》を全身に感じながら、科学者は言った。

「恐竜は、およそ６６００万年前に絶滅《ぜつめつ》しました。絶滅した理由には諸説《しょせつ》ありますが、旧メキシコ国のユカタン半島に残るクレーター跡《あと》の調査から、隕石《いんせき》が地球に衝突《しょうとつ》したことによる絶滅説が定説になっています。いずれにせよ、恐竜は絶滅する運命の種《しゅ》です。ならば、恐竜を狩猟《しゅりょう》するのが、もっとも未来世界への影響力《えいきょうりょく》が低いと言えるでしょう。もちろん、そこにリスクがないとは言いきれません。しかし、このままでは人類に未来がないということは言いきれる。あとは、決断するかどうかです」

たしかに……と、誰かが納得《なっとく》したようにつぶやいた。科学者の自信ありげな発言に、一筋《ひとすじ》の希望を見出したのだろう。それは徐々《じょじょ》に議場に広がってゆき、科学者の意見はその場の総意として採用された。

こうして、タイムトラベルの技術を用いた、『恐竜の狩猟プロジェクト』が始まった。しかし、現段階《げんだんかい》では未来への影響《えいきょう》がどう出るかわからないため、このプロジェクトは全世界に対して隠匿《いんとく》され、世界政府の一部の機関によって極秘《ごくひ》に進められた。

かつては「地球上の覇者《はしゃ》」と称《しょう》された恐竜だったが、人類の最先端《さいせんたん》技術の前には、単なる原始的な動物にすぎなかった。人類は、巨大《きょだい》な恐竜たちを次々と狩猟して未来の世界に持ち帰り、食糧にした。

未来に運ばれた恐竜たちは、まさに人類の救世主《きゅうせいしゅ》となった。なにせ、とにかく巨体である。一頭の捕獲《ほかく》で、何万人もの食事がまかなえた。公には「遺伝子《いでんし》改良した新種の動物の肉」と説明されたその食材は、またたく間に大人気となった。

しかし、未来の食糧危機は深刻《しんこく》だった。狩《か》っても狩っても、また次を狩らなければ、世界中の食糧危機を救うことはできない。恐竜の狩猟は、もはや乱獲《らんかく》の域《いき》に達していた。

そして数年後、ついに、恐れていた事態が起こった。

「博士！　恐竜の個体数が、重度警戒《けいかい》レベルにまで減少しています！　このままでは、恐竜が絶滅する危険《きけん》が……！」

そんなことが人々に知られれば、どんな追及を受けるかわからない。大切な食糧資源を枯渇《こかつ》させ、種を絶滅に追い込んだのである。プロジェクトどころか、世界政府の首脳陣《しゅのうじん》たちも責任を取らされるのは避《さ》けられないだろう。科学者は頭を抱《かか》えた。

しかし、「窮《きゅう》すれば通《つう》ず」というのだろうか、科学者のもとに、あるひらめきが舞《ま》い降《お》りた。

「今すぐ、緊急《きんきゅう》会議だ！　隕石《いんせき》の衝突《しょうとつ》によって恐竜が絶滅したというニセの事実を、過去の地球上に作るぞ！　大規模《だいきぼ》な爆発《ばくはつ》をユカタン半島で起こして、フェイクの隕石跡を作る必要がある。どういう手段《しゅだん》を用いるべきか、専門家《せんもんか》チームを作って考えさせるんだ。20世紀程度の科学技術では、クレーターがフェイクであることはわからないはずだ。そこで定説を作ってしまえば、誰も疑《うたが》いを抱《いだ》くことなく、この22世紀まで定説は保たれる。いいか、失敗は許されないぞ！」

科学者の一声に、大勢のスタッフたちが「はいっ！」と声を上げるや、おのおの行動を開始した。

そして、科学者の2つ目の案は、間もなく採用されることとなる。

これは、未来に起こる、過去の話である。

（作　桃戸ハル、橘つばさ）

2人の兄弟

「兄《にい》さん、そろそろ昼飯《ひるめし》にしよう」

弟のカールが、少し離《はな》れたところで牛の乳《ちち》しぼりをしている兄のアダムに声をかけた。

「そうだな。ちょうどリンダがパンを焼いて持ってきてくれたことだしな」

「じゃあ、ぼくの作ったチーズと一緒に食べよう」

「ああ、チーズとパン、しぼりたてのミルクで腹《はら》ごしらえをするか」

「義姉《ねえ》さんの焼いたパンは、いつもおいしいから、楽しみだ」

「お前の作ったチーズも絶品だよ」

兄弟は昼食をとるため、並《なら》んで歩いて納屋《なや》へ向かった。

広い農場には、納屋のほかに、牛小屋、鶏《にわとり》小屋、そして畑がある。そのどれも、手入れが行《ゆ》き届《とど》いていた。

2人は、幼《おさな》いころから働き者の両親を見て育ったので、農場での作業は得意だったのだ。

「ところで、ショーンやマイクは元気？」

パンを頬《ほお》ばりながら、カールが聞いた。ショーンとマイクは、兄のアダムの子どもである。

「ははは。子どもたちは、相変わらず元気に走り回って遊んでいるよ。……父さんや母さんに見せたかったなぁ。孫を見せることができなくて、本当に残念だ」

兄弟の両親は、この広い農場を2人に託《たく》して、5年前に亡《な》くなった。それ以来、兄と弟は力を合わせて働き続けている。

この辺《あた》りには、広い農場を持つ農家が幾《いく》つもある。しかし、それらの農家は、いずれも相続《そうぞく》問題でもめていた。

血を分けた一族が、遺産《いさん》相続で醜《みにく》い争《あらそ》いをする姿《すがた》を、2人は幼いころからいやというほど見てきた。あんな風にはなりたくない。兄のアダムも弟のカールも、強くそう思っていた。

いつまでも一緒《いっしょ》にこの農場で働いていくことを望んでいた2人は、あるとき、すべてのものの持ち主を決めることにした。不公平のないように、よくよく話して分け合った。

そして、これからは、ミルクや卵《たまご》、小麦などの収穫物《しゅうかくぶつ》、チーズやバターといった加工物も、正確に等分しようということになった。

人の心は見えない。どれだけ仲のよい兄弟でも、ほんのちょっとしたことで、心にすれ違《ちが》いが生まれるかもしれない。それゆえ、お互いに不満のないように、気を配らなければ。そんな思いからの取り決めだった。


収穫を終えた、ある秋の夜のこと。

農場をはさんで西側にある兄の家と、東側にある弟の家、それぞれの家の倉庫には、2人の労働の結晶《けっしょう》である農産物がうず高く積まれていた。

——待てよ。これは、本当に公平なのだろうか？

弟のカールは、自分の家の倉庫の収穫物を眺《なが》めながら、ふと思った。

——僕は結婚しておらず、独《ひと》り身《み》だ。でも、兄さんには、奥《おく》さんと2人の子どもがいる。彼らを養っていかなければならないのだ。

弟は、小麦の入ったいちばん大きな袋《ふくろ》を一つ取り出し、それを肩《かた》にかついだ。

——兄さんは、僕より多くもらうべきだ！

袋をかついだカールは、夜の農場を横切って兄の家へと向かった。そして、こっそり兄の家の倉庫へ入ると、袋をそっと置いた。

数日後、倉庫の整理をしようと扉《とびら》をあけたカールは、首をかしげた。この前、兄のアダムの所へ、たしかに小麦を持って行ったはずなのに、袋の数が減っていないような気がするのだ。

——あの日は夜も遅かったから、きっと、勘違《かんちが》いしたのだろう。

そう思い直した弟は、倉庫の整理を始めた。

以来、カールは収穫がある度《たび》に、いつも穀物1袋を、兄の倉庫へ置きに行った。それも、兄に気づかれないようにこっそりと。

そして、それが何年も続いた。ある秋の夜のこと。

いつものように穀物を1袋取りだした弟は、はたと手を止めた。

——兄さんの子どもたちも大きくなって、もうすぐ成人だ。義姉さんも、いつもおいしい料理をふるまってくれる。穀物1袋だけでは申《もう》し訳《わけ》ない。よし、こうしよう。

弟は手押《てお》し車《ぐるま》を用意すると、それに穀物3袋を乗せた。

こうして、カールは兄のところへ3袋持って行くようになったのだが、それでも小麦の蓄《たくわ》えは減らない。やはり一人暮らしだと、消費する量も限られているのだ。もっと多く兄のところに持って行ってもいいかもしれない。

そんなある日の夜。

——今夜は幸いなことに闇夜《やみよ》だ。でも、いつもより荷物が多いから用心してゆっくり進もう。

弟が、そろそろと歩を進めていき、ちょうど農場の中央に差しかかった時だった。

月が雲の間から顔をのぞかせると、見知った人物が弟の目の前にいきなり現れた。

「アダム兄さん！」

「カール！」

お互いを見つけた2人は、同時に叫《さけ》んだ。

カールが兄のところへ穀物を持って行こうと考えていたとき、兄のアダムのほうも、想いをめぐらせていた。

——私には、妻も子どももいる。子どもたちは将来《しょうらい》、私の仕事を手伝ってくれるだろう。妻は、私が病気になれば必死に看病《かんびょう》してくれるはずだ。

だが、弟は独り者だ。年を取っても、面倒《めんどう》を見てくれる家族はいない。となれば、頼《たよ》りになるのは、手元に置ける蓄《たくわ》えだけ。収穫物を2等分にするのは不公平だ！

また、弟が3袋を運ぶことを決めたとき、兄も自宅《じたく》の倉庫で穀物1袋を肩にかつぎ、ふと思った。

――弟は、息子たちが幼いころからよく遊んでくれていた。最近はすっかり大きくなった子どもたちだが、カールは家庭教師のように2人の勉強の手助けをしてくれている。妻の手料理も、毎回うまいうまいとほめながら食べてくれる。おかげで妻も大喜びで、すっかり料理の腕《うで》をあげた。

こんなに世話になっているのに、穀物1袋だけでは申し訳ない。

はからずも2人は、農場の東と西からお互いの家を目指して歩いているかたちになっていた。

お互いを見つけた兄弟は、その瞬間、相手が長年何をしてきたのか悟《さと》った。

――そうか！　だから、自分の蓄えが減らなかったのか！

2人ともが不思議に思っていた疑問《ぎもん》も氷解《ひょうかい》した。

兄弟は手押し車をそこに置くと、お互い駆《か》け寄《よ》った。
兄も弟も、泣き笑いしながら固く抱《だ》き合《あ》った。
見えないはずの、人の心が、月の光によってはっきりと浮かび上がった瞬間だった。

（原案　欧米の小咄　翻案　おかのきんや）

- 桃戸ハル

東京都出身。三度の飯より二度寝が好き。著書に、『5秒後に意外な結末』ほか、『5分後に意外な結末』シリーズなど。

- usi

静岡県出身。書籍の装画を中心に、イラストレータとして活動。
グラフィックデザインやWebデザインも行う。

5分後に意外な結末ex　バラ色の、トゲのある人生

2018年12月25日　第1刷発行
2021年7月30日　第6刷発行

編著　桃戸ハル
絵　usi
発行人　小方桂子
編集人　芳賀靖彦
企画・編集　目黒哲也
発行所　株式会社 学研プラス
〒141-8415 東京都品川区西五反田2-11-8
印刷所　中央精版印刷株式会社
DTP　株式会社 四国写研

● お客様へ
【この本に関する各種お問い合わせ先】
○ 本の内容については下記サイトのお問い合わせフォームよりお願いします。
https://gakken-plus.co.jp/contact/
○ 在庫については TEL03-6431-1197（販売部）
○ 不良品（落丁・乱丁）については TEL0570-000577
学研業務センター　〒354-0045 埼玉県入間郡三芳町上富279-1
○ 上記以外のお問い合わせは TEL0570-056-710（学研グループ総合案内）